ULLSTEIN

DAS BUCH:

»Stünd's nicht schon unter Ihrem Namen, wär ich versucht, es nachzuahmen«, meinte Eugen Roth zu Karl-Heinz Söhler, dessen Schmunzelverse mittlerweile zum Markenartikel geworden sind. Söhler war jahrzehntelang Mitinhaber einer angesehenen Hamburger Versicherungsmakler-Firma, und in diesem Geschäft mit unsichtbarer Ware entwickelt sich eine subtilere Menschenkenntnis als in anderen Berufen. »Endlich ein Gedichtband«, schrieb eine Tageszeitung über eines seiner Bücher, »der einen nicht am eigenen Intellekt zweifeln läßt, Gereimtes, das keine akrobatischen Verrenkungen des Geistes erfordert, sondern durch seine Schlichtheit verblüfft und besticht.«

DER AUTOR:

Karl-Heinz Söhler ist Hamburger des Jahrgangs 1923. Nach dem Abitur mit Einsen in Deutsch und Mathematik im Kriege Flugzeugführer. Danach einige Jahrzehnte Mitinhaber einer angesehenen Hamburger Versicherungsmakler-Firma, Pressesprecher des elitären Berufsverbandes; Gastvorträge an der Universität Hamburg. Seit 1972 vier Gedichtbände, regelmäßige Veröffentlichungen in zahlreichen Tageszeitungen und Sendungen in Hörfunk und Fernsehen. 1989 für den Friedenspreis des Deutschen Buchhandels vorgeschlagen.

Karl-Heinz Söhler

Es schadet nichts, vergnügt zu sein

Heitere Standpunkte

Mit 8 Zeichnungen von Gerold Paulus

Ullstein

Ullstein Buchverlage
GmbH & Co. KG, Berlin
Taschenbuchnummer:
23259

Ungekürzte Ausgabe
4. Auflage Dezember 1998

Umschlagentwurf:
Theodor Bayer-Eynck
Illustration:
Silvia Christoph
Alle Rechte vorbehalten
Taschenbuchausgabe mit
freundlicher Genehmigung
der F. A. Herbig Verlags-
buchhandlung GmbH, München
© 1992 by F. A. Herbig
Verlagsbuchhandlung GmbH,
München
Printed in Germany 1998
Druck und Verarbeitung:
Clausen & Bosse, Leck
ISBN 3 548 23259 0

Gedruckt auf alterungs-
beständigem Papier mit
chlorfrei gebleichtem Zellstoff

Die Deutsche Bibliothek –
CIP-Einheitsaufnahme

Söhler, Karl-Heinz:
Es schadet nichts, vergnügt zu sein:
heitere Standpunkte / Karl-Heinz Söhler.
Mit 8 Zeichn. von Gerold Paulus. –
Ungekürzte Ausg., 4. Aufl.
Berlin: Ullstein, 1998
(Ullstein-Buch; Nr. 23259)
ISBN 3-548-23259-0
NE: GT

Wohl auch ein noch so gutes Vorwort
setzt doch nur selten sich im Ohr fort.
Warum soll ich dann eins verfassen –
ich bin dafür, es wegzulassen.

Warum ich mich auf meinen Seiten
nicht auch einmal dazu bequeme,
statt über Alltagskleinigkeiten
zu schreiben über Weltprobleme?
Die kümmern schon, und nicht erst heute,
in jedem nennenswerten Volk
seit altersher genügend Leute –
und ohne jeglichen Erfolg!

Der Pessimist sieht grau in grau,
das stimmt vielleicht sogar genau.
Der Optimist sagt sich nur schneller:
Wenn ich's bloß feststell', wird's nicht heller.

Der Mensch, weil Einfachheit geniert,
denkt meistens lieber kompliziert,
und Jahre müssen oft vergehen,
bis nichts mehr hindert einzusehen:
Es stellte ihm sich schwierig dar,
was dann im Kern so einfach war.
Natürlich fühlt er sich beschämt,
doch ist kein Grund, daß er sich grämt,
denn Trost dabei bleibt irgendwie:
Die meisten lernen es ja nie...

Es ist ein ururalter Zopf,
und doch bringt er uns täglich neu zum Stutzen:
Wie wenig Menschen ihren Kopf
zu seinem eigentlichen Zweck benutzen.

Ein Ohr hört dir geduldig zu,
und tiefen Dank empfindest du.
Doch manchmal merkst du hinterher:
Das Ohr war offen – aber leer.

Ein Treibholz schwimmt im Strom des Lebens,
geht mit der Zeit, modern, zum Meer
und sucht doch jeden Halt vergebens,
kennt nur das Wasser um sich her.
Der Fels ruht sicher auf dem Grunde,
ihm ist die Strömung einerlei,
denn alles Wasser gibt ihm Kunde
und fließt von selbst an ihm vorbei.

Wenn du dich ärgerst, denk' daran:
Der Ärger ist ein blödes Vieh.
Es fängt am falschen Ende an
und frißt nur dich – den Anlaß nie.

Das Leiden sagte zum Humor:
Du kommst mir reichlich läppisch vor.
Du änderst nichts an meinem Los
und fühlst dich lächelnd auch noch groß.
Da meinte der Humor zum Leiden:
Dein Schicksal kann ich nicht vermeiden.
Doch statt nur nutzlos anzuklagen,
will ich dir helfen, es zu tragen.
Laß meine Worte in dir reifen,
es liegt an dir, sie zu begreifen –
und sei nicht neidisch, glaube mir:
Die Menschen neigen mehr zu dir.

Es grämte sich ein Mensch zur Qual:
Er sah die Welt als Jammertal,
bis er erstaunt den Fehler fand:
Es war der Punkt, auf dem er stand.
Er ging nur ein paar Schritte weiter –
und plötzlich schien sie ihm ganz heiter.

Ein Mensch verspürte Leistungsdruck
und gab sogleich sich einen Ruck.
Damit er keine Kraft vergeude,
versuchte er's mit Leistungsfreude –
wodurch im Nu, wie wunderbar,
derselbe Mensch ein andrer war!

Verzweifeln kann dein Grübelgeist,
wenn er bedenkt, was du nicht weißt?
Laß dir doch nicht von deinen Lücken
dein Selbstvertrauen niederdrücken!
Du kannst dir ja in diesem Leben
nicht mehr als täglich Mühe geben –
und es ist klüger, statt zu leiden,
mit dem, was ist, sich zu bescheiden.
Drum nicht zuwenig, nicht zuviel,
dazwischen sei dein Strebensziel –
nun hab' ich bloß die eine Bitte:
Wer sucht uns jeden Tag die Mitte?
Du magst es noch so sehr verfluchen:
Du mußt sie immer selber suchen...

Ein Hund verachtete ein Lamm:
Was seid ihr für ein frommer Stamm,
ihr bellt nicht und habt keinen Biß!
Das Lamm entgegnete: Gewiß,
wir sind, von euch da grundverschieden,
für Ruhe, für Geduld und Frieden
und meinen, es wird auf der Welt
genug gebissen und gebellt,
und wohin ist sie, recht genommen,
mit Biß und Bellen denn gekommen?
Ihr solltet, finden wir, euch schämen,
euch wie die Menschen zu benehmen!

Hast du Erfolg, hast du auch Neider,
doch denk' um Gottes Will'n nicht: Leider!
Im Gegenteil, nur wenn sie fehlen –
das müßte dich gebührend quälen,
denn dann, wie die Erfahrung lehrt,
ist am Erfolg noch was verkehrt.

Der Mensch weiß oft nicht, was er will.
Nur unentschlossen, dumpf und still
weiß er mit finsterem Gesicht:
Was grade ist – das will er nicht!

Denn jede Sache hat zwei Seiten
und damit auch zwei Möglichkeiten –
das ist ermüdend selbstverständlich
und langweilt uns auch schon unendlich:
Zu jedem Negativ
gehört ein Positiv,
und jedem Pessimismus
entspricht ein Optimismus ...
Die Kunst ist nur, es zu verstehen,
die andre Seite – auch zu sehen.
Und positiv ist dabei schwerer,
das weiß nicht nur ein Klassenlehrer.
Nach unten zieht es von allein,
das lehrt uns schon beim Wurf der Stein.
Um positiv zu sehn, vergiß es nie,
gehört Verstand – und mehr noch Phantasie!

Da nützt auch Politik nichts mehr:
Die Menschen sind wie Steine –
nach oben fallen sie nur schwer,
nach unten von alleine.

Der Mensch weiß meistens nicht, weswegen,
nur sehr genau: Er ist dagegen!
Wobei er nicht einmal vermißt,
daß er nie weiß, wofür er ist.
Dafür zu sein erfordert mehr –
und manchem Kopf fällt das zu schwer.

Das werde ich nie recht begreifen:
Wie kann man fremde Nasen kneifen
und es beharrlich unterlassen,
sich an die eigene zu fassen?

Ein Mensch trägt grimmig vor sich her
ein Schild für Frieden in der Welt.
Mich intressiert dabei viel mehr,
ob er den auch zu Hause hält.
Nur wer beweist, ihn dort zu führen,
erhält das Recht zu demonstrieren –
was viele gleich als falsch erkannten:
Wir hätten kaum noch Demonstranten...

Ein altbekannter Spruch rät flott:
Hilf dir nur selbst, dann hilft dir Gott.
Nun ist das ja nicht so gemeint,
daß Gott zur Arbeit mit erscheint.
Erwarte bloß bei keinem Ziel
von deinen Mitmenschen zuviel,
um vorsichtshalber hier auf Erden
schon weniger enttäuscht zu werden.
Dann bist du auch in deinen Krisen
auf andere kaum angewiesen,
weißt fremde Hilfe zu vermeiden –
und alle können dich gut leiden.

Fast jeder Mensch schimpft irgendwie
auf unsere Demokratie.
Nun ist das Schimpfen ja verständlich,
denn so ein Staat wird dadurch kenntlich,
daß jeder opponieren darf –
und das glückt stets besonders scharf.
Im Bürgerchor deshalb ergrimmen
am lautesten die Gegenstimmen,
wodurch der Eindruck leicht entsteht,
daß alles schief und abwärts geht,
und daran wieder muß es liegen,
daß Hängeköpfe überwiegen
und die paar andern sich dann scheuen,
sich über irgendwas zu freuen.
Nur, wenn ich über Menschen grübel',
bleibt sie wohl doch das kleinste Übel...

Man könnte den Versuch belachen,
die Menschen alle gleich zu machen,
wär's nicht so traurig und so dumm:
Ein Ochse fliegt auch nicht herum,
statt Hörnern wächst ihm kein Gefieder –
doch sie versuchen's immer wieder.

Der Mensch denkt zwar zuweilen flüchtig,
die Freude sei am meisten wichtig.
Doch sieht man täglich sein Gesicht,
kapiert er das wohl meistens nicht.

Das ist bekannt seit altersher:
Die Minderheiten haben's schwer.
Von jeher – auch berechtigt – fanden
sie sich verkannt und unverstanden,
wie Unternehmer und die Reichen,
weil sie ja nicht der Mehrheit gleichen
und ihrem Schicksal nicht entgehen,
denn keiner will sie recht verstehen.
Drum sei gescheit und denk' daran:
Schließ keiner Minderheit dich an!

Wenn du dich mit dem Sprichwort drängst,
es ist schon später, als du denkst,
dann brich nicht alles übers Knie:
Zu spät ist es auch manchmal – nie.

Wenn du mal alle Welt verfluchst
und meinst, du hättest nichts zu lachen –
ob du's dann mit dir selbst versuchst?
Das läßt sich nämlich immer machen!

Ein Mensch, der alle Menschen haßt,
weil ihm im Grunde keiner paßt,
der konstruiert verbissen sie
in einer Ideologie
und spürt verdutzt doch irgendwie:
Gemütlich wird er dabei nie!
Das wird er erst, wenn er beginnt –
sie so zu mögen, wie sie sind...

Den Zeitgeist laß getrost geschehen
und die Erkenntnis in dir reifen:
Du brauchst nicht mit der Zeit zu gehen,
nur ist es klug, sie zu begreifen.

Soll, was du vorhast, auch gelingen,
hängt der Erfolg ab von drei Dingen:
Das Was muß klar sein, wichtig ist das Wann –
und auf das Wie kommt's dann am meisten an.
Doch häufig merken wir, zu spät indessen:
Wir hatten wieder eins davon vergessen...

Man sollte, des Erfolges wegen,
sein Tun sich vorher überlegen,
um sich auch später noch zu freuen,
statt es verdrießlich zu bereuen.
Nur muß natürlich unterbleiben:
das Überlegen übertreiben –
denn manches wird, wenn Sie's versteh'n,
unüberlegt erst richtig schön!

Genießt der Mensch bewußt die Nahrung,
gewinnt er täglich an Erfahrung.
Doch schlingt er bloß mit stumpfer Miene –
ja, siehst du, das ist dann Routine.

Wir sollten viel mehr bei Problemen
gelassen uns dazu bequemen,
sie wichtig – doch nicht ernst zu nehmen!

Den eignen Vorteil erst zu sehen,
ist richtig und auch zu verstehen.
Nur lernt der Mensch im Lauf des Lebens
und seines eigennütz'gen Strebens,
ihn weise darauf hinzulenken,
noch mehr an andere zu denken –
der eine früh, der andre spät,
wie das so unterschiedlich geht,
und irgendwie
lernt's mancher nie...

Ich möchte gern in allen Ländern
zu ihrem Glück die Menschen ändern.
Das hat natürlich dann nur Sinn,
wenn *ich* so bleibe, wie ich bin!

Ach, Mensch, sag' jeden Tag dir neu: Vergeude
nur wenig Zeit mit Ärger – mehr mit Freude.
Du hast ein Recht darauf und, finde ich,
bist nicht für alle Welt verantwortlich!

Was du enttäuschend früh schon lernst:
Der eine nimmt sich äußerst ernst,
der andere zieht den Humor
auch noch in schwerer Lage vor,
wobei die meisten zwischen beiden
sich ängstlich für den Ernst entscheiden –
und nachdenklich siehst du dann ein:
Der Ernst muß doch wohl leichter sein.

Humor – das ist für mich Verständnis.
Er kommt nicht ohne Menschenkenntnis.
Nach Spott sind manche gieriger.
Verständnis ist viel schwieriger.

In einem Vortrag, hochgelehrt,
hat ein Professor es erklärt,
warum und wann die Menschen lachen.
Der konnte sich Gedanken machen!
Bestechend hat er sie verkündet
und wissenschaftlich tief begründet.
Ein Vortrag war's, und was für einer!
Gelacht hat dabei aber keiner.

Der Mensch verzichtet irgendwie
nicht gern auf eine Theorie.
Nur soll sie Witz genug entfalten,
um auch die Praxis auszuhalten,
genügend menschlich, unfanatisch –
dann wird sie mir sogar sympathisch.

Wie viele nutzen, ohne sich zu zieren,
die Sprache, um sich selbst zu profilieren!
Weit wesentlicher ist, es möge glücken,
uns *anderen* verständlich auszudrücken.

Ein Mensch, der etwas nicht begreift,
obwohl er seinen Geist durchstreift,
hat immerhin zu allen Zeiten
ja jedesmal zwei Möglichkeiten:
Wen an sich selbst kein Zweifel sticht,
behauptet schlicht, das gibt es nicht.
Wer Selbstkritik noch nicht verschmäht,
gibt zu, daß er es nicht versteht,
und ohne sich geziert zu wehren,
läßt er es sich nochmal erklären.
So kann der Mensch den Grund verbreitern
und seinen Horizont erweitern
– oder, ohne es zu merken,
das Brett vor seinem Kopf verstärken...

Sieh manchen Kampf doch dann und wann
getrost als Armutszeugnis an,
und sag' dir unvoreingenommen,
es ist ja nur dazu gekommen,
weil die Vernunft zu wenig zählt
und der Verstand beschämend fehlt.
So halte dich bloß oft genug
für einen Kämpfer schlicht zu klug!

Der Mensch sieht jeden Tag beklommen:
Die Welt ist reichlich unvollkommen.
Warum sucht dieser Erdenheld
bloß dauernd die perfekte Welt?

Mit dem Vergnügen nur als Ziel
erfand der Mensch für sich das Spiel,
wobei ihm meistenteils entgeht,
daß er ihm seinen Sinn verdreht:
Er will nicht spielen, bloß gewinnen.
Verliert er, schlägt das tief nach innen,
und er verliert, weshalb ich staune,
zugleich auch immer seine Laune.
Ob du es, Mensch, wohl einmal lernst,
zu spielen – ohne deinen Ernst?

Auch andre Menschen zu verstehen,
verlangt mehr Geist, als viele sehen.
So sollten wir Verständnis eben
zum Pflicht- und Leistungsfach erheben!

Der Mensch verachtet meist die Masse
und hält sich gern für Sonderklasse.
Er würde es sofort beschwören,
zur Masse will er nicht gehören.
Nur sind so viele Menschenasse
dann wieder eine neue Masse...

Was ich verwundert immer sah:
Die Menschen sagen fröhlich ja
und meistens ernst-verbissen nein.
Das sehe ich durchaus nicht ein.
Wer sicher ist, kann es doch wagen,
auch freundlich lächelnd nein zu sagen!

Das wußte die Antike schon
und spricht für jede Religion:
Verpassen wir den grünen Zweig,
sehn wir's als Gottes Fingerzeig
und trösten uns, ob arm, ob reich –
im Himmel sind wir alle gleich!

Ein Mensch sei intellektuell –
da denkt man unwillkürlich schnell:
Nach welchem Maßstab man auch mißt,
so recht weiß niemand, was das ist.
Es kann, fällt jedem dabei ein,
nur etwas Fürchterliches sein,
stets pessimistisch und deswegen
bei allem negativ dagegen.
Protest, als Sport für alle Fälle,
betreiben Intellektuelle
und üben sich darin zu stören –
wer möchte dazu schon gehören?
Denn letztlich scheinen ihre Gaben
mit Klugheit nichts zu tun zu haben.

Es ist, wenn weise man sinniert,
die Welt an sich nicht kompliziert.
Nur Menschen scheinen streng zu wachen,
sie möglichst kompliziert zu machen.
Denn ihnen wird, was sie geniert,
das Einfache zu kompliziert.

Der Mensch benimmt sich meist im Leben
als Kunde ungeniert daneben.
Doch fehlt ihm sonst auch weit und breit
zum König die Gelegenheit.

Wie fällt, und schon seit altersher,
doch positiv zu denken schwer!
Man muß mit Geist die Dinge drehen,
um gute Seiten auch zu sehen.
Dagegen ist, weil viel bequemer,
das Negative angenehmer:
Man läßt, was ärgert oder stört,
und findet's einfach unerhört –
und darum kann ich, so gesehen,
die Negativen gut verstehen.

Will ich den Lauf der Welt verstehen,
darf der Humor bei mir nicht fehlen.
Den Unfug auch noch ernst zu sehen,
da müßte ich mich ernsthaft quälen.

Noch keinem Golfer hat beim Golfen
je ein gereimter Vers geholfen.
Was soll beim Golfspiel ein Gedicht?
Um Himmels willen – bitte nicht!
Danach wär's manchmal klug gewesen,
als Trost zu Hause eins zu lesen ...

Die Freude kann es nicht verneinen:
Sie steht auf wackeligen Beinen
und stürzt mit hilfloser Gebärde
oft ziemlich unsanft auf die Erde.
Das Leiden ist da besser dran:
Es fängt gleich auf dem Boden an
und muß, um Sturzgefahren zu erleben,
sich dazu vorher mühsam erst erheben.
Der Mensch kann häufig zwischen beiden
mehr als er meint es selbst entscheiden:
Will er beständig Sicherheit betreiben,
muß er für alle Fälle unten bleiben.
Die Freude nur, auf wackeligen Füßen,
die humpelt weg – und läßt schön grüßen.

Der eine seufzt mit Leidensmiene,
mich drücken täglich die Termine.
Der andre sagt, mir sind sie recht –
ich bin ihr Herr und nicht ihr Knecht.
So kann sich jeder zwischen beiden
für seine Rolle selbst entscheiden.
Die eine davon, weil nicht leicht,
wird aber selten nur erreicht ...

Wenn du nur meinst, du mußt verreisen,
um Selbstgefühl dir zu beweisen,
suchst du dir einen Umweg aus –
das finde lieber erst zu Haus!

Die Menschen stimmt es meistens linder:
Sie haben gern ein Herz für Kinder.
Warum, so frage ich mich eins,
bloß für Erwachsene oft keins?

Mensch, bilde bitte dir nichts ein
auf deine Leistung, deine Gaben:
Du hast nie Anlaß, stolz zu sein –
doch immer welchen, Stolz zu haben.

Der Mensch, sobald er untergeben,
sucht gern sein Selbstgefühl zu heben,
indem er hart und ungerührt
gleich meckert über den, der führt,
wobei er meistens bloß vergißt,
daß jener auch ein Mensch nur ist,
der schließlich, weil man ihm stets grollte,
so wurde – wie ihn keiner wollte.

Wir räumen anderen ja gerne ein,
von ihrer Meinung überzeugt zu sein.
Nur denen kann ich händewehrend grollen,
die dann gleich alle überzeugen wollen.

Die Menschen sind, obzwar verschieden,
doch ziemlich alle für den Frieden
und seufzen kleinlaut nebenher:
Er hat es aber reichlich schwer.
Der Krieg nimmt spannend seinen Lauf
und regt von selbst gehörig auf.
Im Frieden kämpft man ohne Eile
verbissen gegen Langeweile
und merkt, viel Phantasie muß walten,
ihn laufend int'ressant zu halten.
Da will ich, statt zu demonstrieren,
das mal zu Hause ausprobieren.

Du findest diese Welt entsetzlich?
Mein Freund, da bin ich leicht verletzlich.
Du hilfst nichts und erschwerst daneben
es anderen, in ihr zu leben.
Was du in meinen Augen bist:
ein einfallsloser Egoist!

Worauf der Mensch sich gut versteht:
Wenn's schief und wenn's ihm dreckig geht,
betreibt er seinen besten Kult –
es haben immer andre schuld.
Das sind, sieht er mit Irritierung,
die Partner, Chefs und die Regierung,
und fragt sich voller Ungeduld:
Warum hat er nie selber schuld?

Mich können Menschen fröhlich machen,
die nicht nach Spott begierig hecheln,
um über andere zu lachen –
und lieber mal sich selbst belächeln.

Ein Boxer jagte hechelnd Schwalben –
und kein Erfolg, auch nicht mal halben.
Wie wollte er sie kriegen?
Er konnte doch nicht fliegen!
So mancher Mensch, der sich vertraut,
ist grad wie dieser Hund gebaut...

Du seufzt, wenn du die Zeitung liest,
daß sie dir deinen Tag vermiest.
Der eine hat arg Brand gestiftet,
ein andrer seine Frau vergiftet.
Nur stell' dir vor, geschrieben stünde,
die Menschen liebten keine Sünde,
das Haus sei frisch und gelb gestrichen,
der Mann nie von der Frau gewichen
und immer lieb zu ihr gewesen –
da stöhnst du, das willst du nicht lesen!
Wer, Leser, frag' dich in Geduld,
ist an den Meldungen nun schuld?

Ein Mensch erträumt sich seine Welt,
die er gern für die beste hält.
Er stößt sich zwar von Zeit zu Zeit
wohl an der niedern Wirklichkeit,
was ihm Genugtuung gewährt:
Die Wirklichkeit – die ist verkehrt.
Soll er sich also nach ihr richten?
Das sieht er gar nicht ein – mitnichten!
Was ihn gelegentlich entgeistert:
Warum er nie sein Leben meistert...

Gefühl muß oftmals leiden,
zu weit kommt der Verstand,
und dabei gehn die beiden
am liebsten Hand in Hand.

Wir hören klagend oft das Wort:
Die Technik schreitet leider fort,
der Mensch im gleichen Schritt zurück.
Nun muß das nicht so sein, zum Glück,
die Menschheit hat ja selber schuld,
ihr fehlt beim Fortschritt nur Geduld –
wo uns schon gleich der Zweifel kneift:
Denn ob sie das wohl je begreift?

Wenn Menschen ihren Fehlern grollen
und neuen Anfang machen wollen,
bleibt doch, um nichts falsch einzuschätzen,
stets nur – Entwicklung fortzusetzen.

Es läßt sich, Mitmensch, nicht vermeiden:
Du bist dazu bestimmt zu leiden,
und alle können dich verstehen –
es darf dir nur nicht besser gehen,
denn fängst du an, dich abzuschinden,
um selbst dein Leid zu überwinden,
beginnen sie zu unterscheiden –
und damit auch, dich zu beneiden,
und schaffst du auch noch mit Humor,
kommt's vielen gleich verdächtig vor.
So zehrt der Neid an deiner Kraft,
die sachte um so mehr erschlafft,
je höher du die Sprossen steigst
und dabei auch noch Freude zeigst –
was durchaus folgerichtig ist:
Denn je empfindsamer du bist,
bleibst du mit dünner Nervendecke
auch um so schneller auf der Strecke.
So dringen in Karrierenhitze
nur die Robusten bis zur Spitze,
und andre Hoffnung ist doch kindlich:
Die Mächtigen sind unempfindlich,
und welches Amt sie auch bekleiden –
an ihrer Härte mußt du leiden.
Nur laß es sein, dich zu beschweren,
denn du bist doch nicht zu belehren,
und leide weiter in Geduld:
Du hast an allem selber schuld!

Ein jeder Mensch will etwas gelten
und hält sich gern für äußerst selten.
Nur eines kann er nie recht fassen:
Er soll auch andre gelten lassen!

Schwer glückt's, die Worte so zu reffen,
daß sie genau ins Schwarze treffen.
Zwar einige, nach strengem Fleiße,
erreichen wenigstens das Weiße –
jedoch, was unser Kummer bleibe,
die meisten nicht einmal die Scheibe!

Der Mensch verrät sich leicht am Stil:
Sagt er statt schlicht, er wiegt zuviel,
gespreizt, er hat Gewichtsprobleme –
woraus man resigniert vernehme:
Probleme hat er schon, das heißt,
nicht mit dem Körper – mit dem Geist!

In Niederlage oder Sieg
verändern Politik und Krieg,
so schwer vielleicht die Einsicht fällt,
doch nie die Menschen – nur die Welt.

Der Mensch, ob hungrig oder satt,
will immer das, was er nicht hat.
Gescheiter sollte er sich eben
mit dem, was ist, zufriedengeben –
doch ohne gleich bequem zu werden
und sich als Faulpelz zu gebärden.
Er nimmt sich's vor, schwankt hin und her
und merkt verdutzt – wie ist das schwer!

Die Technik und die Wissenschaft
– so kommt es einem manchmal vor –
erzeugen froh mit forscher Kraft
mehr Schildbürger als je zuvor.

Der Mensch ist wie ein Mosaik,
in dem doch immer Steinchen fehlen,
und ständig führt er mit sich Krieg,
und der kann lebenslänglich schwelen:
Soll er an dem, was ist, sich freuen
und sich in Dankbarkeit bescheiden,
oder – sich dauernd selbst bereuen
und unter dem, was fehlt, stets leiden?
Den Istbestand zu sehn, ist besser,
und darin nicht mehr schwankend wandern,
den Fehlbestand als Wertgradmesser –
betrachten meistens schon die andern.

Kaum der Windeln noch entledigt,
wird Ernst des Lebens dir gepredigt.
Nur suchst du später meist vergebens
die Rede vom Humor des Lebens.
Humor fällt Menschen doch wohl schwerer –
sie sind ja ohne ihn auch leerer...

Muß denn der Geist sich schinden,
das Einfache schwierig zu finden?
Viel schwerer scheint's zu gehen,
das Schwierige einfach zu sehen!

Wie oft bestarrt ein Mensch gebannt
verdrießlich eine schwarze Wand!
Ihm fällt nicht ein, sich umzudrehen,
noch um die Wand herumzugehen,
um neue Sichten zu entdecken
und so die Phantasie zu wecken.
Warum ist ihm nur sein Verstand
so offensichtlich nicht zur Hand?

Wie ist bloß diese Welt zu nehmen?
Wenn wir nur öfter darauf kämen:
Ihr ist es immer gut bekommen,
wird sie mal auf den Arm genommen!

Ein Sprichwort menschlich anzuwenden,
kann leicht auch als Enttäuschung enden:
Es heißt, um Steine hohl zu klopfen,
sei wirkungsvoll der stete Tropfen.
Der Mensch, versucht er's, muß als Gaben
Geduld – und sehr viel Wasser haben.

Was immer Menschen sich versprechen
von ihrem Wunsch, mal auszubrechen –
die Kunst ist mehr, sich zu begnügen
und in sein Schicksal einzufügen.

Es zählt zu den modernen Fimmeln,
Computer töricht anzuhimmeln.
Mir fallen da Komplexe schwer:
Er kennt zwei Ziffern, ich viel mehr,
und leben ohne ihn kann *ich* –
doch das kann *er* nicht ohne mich!

In jedem Jahr, als leiser Schlag,
berührt mich unser Hochzeitstag
und läßt mich sanft darauf besinnen,
je mehr die Jahre so verrinnen,
je mehr verfliegt der rosa Dunst:
Das Auseinandergehn ist keine Kunst!
Das Kunststück heißt: Zusammenbleiben,
sich glücklich – zueinander reiben.
Was andre eine Krise nennen,
bei der sie sich womöglich trennen,
hast du mit Liebe nur gesehen,
um uns noch besser zu verstehen,
und mich, statt raffiniert zu schmollen,
bloß einfühlsam – verstehen wollen.
Schau, daran muß ich heute denken.
Und um's mit Schmunzeln zu durchtränken:
Dafür will ich dir herzlich danken –
auch wenn wir morgen vielleicht zanken...

Die deutsche Sprache ist gefährlich:
Ist, was ein Herr tut, immer herrlich?
Und eine Dame handelt nämlich
auch nicht in allen Fällen dämlich!

So mancher Mensch schlägt zu und tut,
als ob er seinen Kopf nicht kennte.
Dabei sind Fäuste, auch in Wut,
die dümmsten aller Argumente.

Wie jeder weiß, der Menschenzunft
fehlt überwiegend die Vernunft.
Nun ist Vernunft mit Recht gewitzt
und dient nur dem, der sie besitzt.
Wer keine hat, kann sie nicht leihen
und soll dann ohne sie gedeihen.
So muß, wer daran reich ist, eben
mit einer Menge Armer leben.

Das Pferd ist stolz, dem Herrn zu dienen.
Der Esel jammert nur: Du mußt!
So wird's mit ganz verschiednen Mienen
des einen Last, des andern Lust.

Ein Mensch zieht sich zu eignem Glück
in einen Urwald tief zurück
und schaukelt, weil's ihm Gott gestatte,
bequem in einer Hängematte.
Mir kann das wenig imponieren.
Statt nur mit Pflanzen und mit Tieren,
bleibt es das größre Kunststück eben –
ganz mutig unter Menschen leben.

Der eine sagt, wir sind so grundverschieden,
du bist mit dieser Welt und dir zufrieden –
doch ich gehöre nicht zu diesen Dümmern,
ich bin es nicht, ich muß mich um sie kümmern!
Du kehrst die Reihenfolge leider um,
meint da der andere. Was ist denn dumm,
wenn jeder, daß es allen besser ginge,
mit der Zufriedenheit bei sich anfinge?
Wo Menschen mit der Welt zufrieden waren,
dort konntest du dein Kümmern dir ersparen.

Ein Huhn bewunderte ein Pferd:
Du bist so groß und viel mehr wert,
hast Mähne, Schweif, stabile Hufe
und stehst damit auf hoher Stufe.
Dem Pferd war das nicht angenehm:
Du hast da Flügel, außerdem
rennst du so flink auf nur zwei Beinen,
und schließlich muß dir wichtig scheinen,
schloß es mit tröstendem Gesicht:
Auch Eierlegen kann ich nicht.
Das Huhn fing an, den Neid zu streichen:
Es war wohl dumm, uns zu vergleichen!

Im Leben, sagt man, sei mit Mut
von Zeit zu Zeit ein Wechsel gut,
wobei oft kluge Gründe walten,
an einigem auch festzuhalten,
wenn ich nichts Besseres erschau' –
zum Beispiel an der eig'nen Frau.

Du solltest, mußt du Lehrgeld zahlen,
nicht knirschend mit den Zähnen mahlen:
Es ist doch das auf dieser Welt
am besten angelegte Geld.

So mancher wehrt sich ganz entschieden,
er möchte mehr sein als zufrieden –
dabei, wenn es auch simpel klingt,
ist's alles, worum jeder ringt.
Wer mehr will, überzieht und flucht,
er weiß zwar nicht mehr, was er sucht,
soviel er sich mit Ehrgeiz schindet –
und merkt nur, daß er es nie findet.

Du weißt, es ist unmöglich,
und doch, das ist zum Lachen,
versuchst du beinah täglich,
es jedem recht zu machen.

Wenn du was vorhast, trau' dir's zu –
da winkst du ab, das wußtest du!
Warum verkrampft dich trotzdem Angst,
daß du zuviel von dir verlangst?
Du suchst nur für den rechten Schwung
schon vorher die Bestätigung.
Ja, Freund, die gibt's erst hinterher –
sonst wär's ja kein Vertrauen mehr!

Du hast viel insgeheime Angst
bei dem, was du von dir verlangst?
Das ist, hat Gott sich da empört,
mir gegenüber unerhört!
Soll alles ohne Glauben glücken?
Na gut, dann laß dich ruhig drücken.

Wir schimpfen bei so vielen Sachen
empört, das ist doch nicht zum Lachen!
Dann lach' ich trotzdem, weil ich meine,
es wird nicht besser, wenn ich weine.

Der Mensch schimpft zur Gelegenheit
erbost und gern auf seine Zeit
und brauchte, um sie zu verstehen,
sich nur genauer anzusehen,
was sich, schon seit dem Feigenblatt,
an *ihm* noch nie verändert hat:
Wie er in seinen Schwächen bleibt
und ewig gleiche Fehler treibt!
Sieht er das seufzend mit Geduld,
gibt er der Zeit nicht mehr die Schuld
und wird, statt über sie zu stöhnen,
sich resigniert mit ihr versöhnen.

Mir würde bald die Lust vergehen,
stets alles kritisch nur zu sehen.
Verständnis ginge mir verloren,
ich meckerte bloß unverfroren,
und schließlich käme der Humor
bei mir nur noch als Fremdwort vor.
Mein Grabstein müßte kurz berichten:
Auf solche kann die Welt verzichten!

Der Mensch wird in den meisten Fällen
den Sonntag vor den Alltag stellen,
bis ihn – vielleicht – Erfahrung lehrt:
Gescheiter ist es umgekehrt...

So mancher – das gab's immer schon –
verabscheut jede Tradition
und möchte mit gereizten Nerven
sie gern auf einen Haufen werfen.
Die Vorstellung ist ziemlich kraus.
Wie sähe seine Welt dann aus?
Er würde über Leere laufen,
daneben einen Trümmerhaufen,
in einer Urwelt, haltlos, still –
es fragt sich nur, ob er das will!

Überfluß ist daran sichtbar:
Immer mehr wird unverzichtbar.

Die Menschen, ziemlich eigentümlich,
verhalten sich oft wenig rühmlich:
Sie stoßen jemand roh ins Wasser,
und dieser wird nun immer nasser.
Er könnte also bald versinken
und schlimmstenfalls sogar ertrinken.
Dann wird es auch allmählich Zeit:
Es tut den Leuten langsam leid.
Sie werfen – und bedauern sehr –
den Rettungsring jetzt hinterher.
Doch sind sie plötzlich ganz erstaunt
und werden sichtlich mißgelaunt,
denn statt sich an dem Ring zu freuen
– wo sie doch keine Mühe scheuen –,
statt seinen Rettern Dank zu zeigen
und sich im Wasser zu verneigen,
bleibt der dort unten vornehmlich
auch weiterhin nur ärgerlich!

Beeindruckt es nicht ungeheuer,
wenn im Verkehrsgewimmeltreiben
sogar auch hinter ihrem Steuer
doch einige noch Menschen bleiben?

Es kommt bei allem, was geschieht,
ja sehr drauf an, wie man es sieht,
um sich von den verschied'nen Sichten
auf eine schließlich einzurichten.
Warum sucht mancher, Stirne kraus,
sich stets die schlechteste nur aus?

Mich lassen Menschen wachsam bangen,
die Meinungsfreiheit wild verlangen
und die Erkenntnis untergraben,
daß sie schon lange Freiheit haben,
was sie nur in der Absicht schätzen,
die eigne Meinung durchzusetzen,
und mit dem Ziel, es werde glücken,
die anderer zu unterdrücken.

Ein Angler wartet, bis die Fische beißen,
und jagt nicht schwimmend hinter ihnen her.
Mit Hetze läßt sich trefflich Kraft verschleißen –
Geduld erreicht am Ende immer mehr.

Die schlechten Zeiten zu beklagen
ist Brauch schon seit uralten Tagen.
Doch fand ein Mensch von eignem Stile:
Dem Brauche huldigen zu viele,
ich freue mich in jedem Falle,
denn schimpfen – schimpfen können alle!

Ein Mensch, der, was recht oft geschieht,
beim Kaktus bloß die Stacheln sieht,
kann es verärgert nie verstehen,
wenn andre den als Zierde sehen,
wobei er gleich die ganze Welt
für kaktusähnlich stachlig hält.
Er guckt vergrätzt und hämisch-munter
auf diese Zierdeseher runter
und nennt, bescheiden, wie er ist,
voll überzeugt sich Realist.
Dabei fehlt ihm nur Phantasie –
doch darauf kommt der Ärmste nie...

Ein Mensch, was für den Menschen spricht,
liest mit Erwartung ein Gedicht,
wobei er sich schon bald geniert:
Es scheint ihm reichlich kompliziert.
So merkt er, das hat keinen Zweck,
und legt's voll Achtung wieder weg.
Was ihn zutiefst daran besticht:
Er liest es – und versteht es nicht.

Sich unbeherrscht aufs Sofa schmeißen
und wild das Polster einzureißen,
empfindet mancher Mensch naiv
als ausgesprochen kreativ.
Von denen, die es heil lassen,
und denkend in Geduld sich fassen,
um sitzend schöpferisch zu sein,
fällt einigen dann auch was ein.

Die Bäume sind so eingerichtet,
daß nicht ein Sturm sie gleich vernichtet.
Nur Menschen planen, wie sie sind,
ihr Leben häufig ohne Wind.

Den einen ärgert diese Welt,
die er rundweg für scheußlich hält,
der andre, ohne sich zu scheuen,
sieht täglich Gründe, sich zu freuen.
Sie kommen nie auf einen Nenner,
das weiß nicht bloß ein Menschenkenner,
und könnten trotzdem danach trachten,
in Gegensätzen sich zu achten –
nur fällt das Ärgerleuten schwer,
und davon gibt's bedeutend mehr!

Dem besten Hebel in der Hand
nützt nie allein robuster Schweiß,
wenn nicht ein Kopf dann mit Verstand
das Ding auch anzusetzen weiß.

Verständnis, leider, und Humor,
die kommen allzu selten vor
und stellen sich noch obendrein
meist erst beim Zweitgedanken ein.
Wir sollten, was wir gleich verachten,
vielleicht ein zweites Mal betrachten.
Es könnte nämlich überraschend glücken,
beim zweiten Blick – ein Auge zuzudrücken.

Man sehe auf der Welt sich um:
Sie hinzunehmen gilt als dumm.
Nun sind das immerhin die meisten.
Da kann ich mir die Ansicht leisten,
daß vieles für die Dummen spricht:
Sie meckern nicht, sie streiten nicht,
und wenn sie nachsichtig verstummen,
sind sie tatsächlich oft die Dummen
und manchmal auch noch die Verlachten.
Doch hüte dich, sie zu verachten
und überheblich zu verdammen!
Sie halten unsre Welt zusammen –
und ich will Zweifel nicht bestreiten:
Sind sie nicht eher die Gescheiten?

Der Mensch kann es nie ganz vermeiden,
sich dann und wann auch zu entscheiden.
Das Für und Wider abzuwägen,
scheint ihn gehörig aufzuregen,
und Zweifel zeigt sein Mienenspiel:
Wägt er zuwenig – gar zuviel?
Er will es, da gibt's nichts zu lachen,
bekanntermaßen richtig machen –
doch das erweist sich hinterher,
und war es falsch, fällt's ihm so schwer,
sich zähneknirschend zu bequemen,
den Rest als Schicksal hinzunehmen!

Wenn eine Frage listig drängt,
bei der man weiß, sobald man denkt,
daß rationalerweise man
sich keine Antwort geben kann,
ist's doch absurd in solchen Fällen
und dumm, sich ihr verbohrt zu stellen –
weil sonst die Frage dazu zählt,
warum man sich mit ihr so quält.

Nimmst du dich selber wichtig,
ist das bedingt schon richtig –
doch denke an den Brauch:
Die andern nämlich auch!

Soviel ich ihr auch manchmal grolle,
ich spiele täglich meine Rolle.
Natürlich bleib' ich selber draußen
und sehe mich mit Spott von außen.
Doch ist der große Haken eben,
ich stehe glücklich nur – daneben.
Am Abend, da entläßt sie mich,
ich schlüpf' erleichtert in mein Ich –
dann gibt Besinnung einen Stich:
Denn auch die Rolle – das bin ich!

Wenn sich zwei Menschen unterhalten,
kann oft kein Einvernehmen walten,
weil jeder, hab' ich festgestellt,
sich heimlich für den bessern hält . . .

Der Mensch macht sich besorgt Gedanken,
die je nach Zeitauffassung schwanken,
und ist verdutzt, daß diese Welt
sich trotzdem wacker aufrecht hält.
So will ich, fällt mir dankbar ein,
auch künftig ganz beruhigt sein.

Wo unsre größte Schwierigkeit beginnt:
Die Menschen so zu nehmen, wie sie sind.
Wir sollten keine Zeit damit verlieren,
um selber andere zu konstruieren.
Denn reichlich schrecklich male ich mir aus –
was käme dabei denn wohl bloß heraus?

Ein Mensch, von allem leicht verdrießbar,
fand seine Arbeit ungenießbar,
bis er es mißtrauisch entdeckt:
Wenn er sich sagt, daß sie ihm schmeckt
– und das bleibt ihm ja unbenommen –,
dann ist sie ihm auch gut bekommen!

Im Leben treten alle an,
gehn meist mit Illusionen ran,
und jeder überschätzt sich dann,
so gut er eben irgend kann.

Das hat der Mensch ja nun erreicht:
In Ärger fällt er ziemlich leicht –
als ob wir die Erkenntnis scheuen:
Es ist viel schwerer, sich zu freuen.
Laß dir den Ärger deshalb trüben,
mit Freude – doch das mußt du üben!

Zusammenhanglos, ohne Ziel,
so reden manche schnell und viel
und suchen davon abzulenken,
daß sie erschreckend langsam denken.

Frau Oper fragte Fräulein Operette,
wo sie denn wirklich Kunst zu bieten hätte.
Es klang, auch ohne tiefere Betrachtung,
ganz sanft nach Spott, Herablassung, Verachtung.
Das Fräulein knickste lächelnd, ruhig, artig,
das Leben sei von selbst genügend schartig,
und wo es als Gesetz geschrieben stehe,
daß Kunst doch nur mit Ernst und Schwere gehe?
Der Erdenweg sei ja in jedem Zug
schon von alleine ernst und schwer genug.
Viel schwerer bleibe wohl, es zu verstehen,
das Schicksal täglich heiter anzusehen.
In dieser Fähigkeit, rief sie, liegt Kunst,
die steht bei mir in allerhöchster Gunst!
Damit will ich dem Ernst kein Recht absprechen,
für Albernheit auch keine Lanze brechen,
nur sollte jeder jedes anerkennen,
statt überheblich leicht von Kunst zu trennen,
und keiner falschen Vorstellung erliegen:
Es ist oft ungleich schwerer – leicht zu wiegen.
Für mich besteht da weder Krieg noch Sieg.
Wozu Frau Oper zögernd sinnend schwieg.

Mir ist da jüngst ein Mensch begegnet,
der freut sich immer, wenn es regnet,
und lächelnd sagte er dann noch:
Wenn ich mich nicht freu' – regnet's doch!

Es ärgert doch in vielen Fällen,
daß Menschen, wenn sie Fragen stellen,
statt erst im eignen Kopf zu suchen
– und geistigen Erfolg zu buchen –,
zunächst die anderen benutzen
und danach bei der Antwort stutzen
und sich bequem die Einsicht gönnen:
Sie hätten selbst drauf kommen können!

Das sollte niemand unterschätzen:
In andre sich hineinversetzen,
erfordert Vorstellungsvermögen.
Wenn wir es nun als Leistung wögen,
die andern Menschen zu verstehen –
vielleicht würd' manches besser gehen?

Was bliebe reizvoll noch an unserm Leben,
würde Erfahrung uns – vorweggegeben?

Als Mutti, jung, emanzipiert,
und auch politisch engagiert,
ihr Baby in die Windeln schlägt,
wobei sie Politik erregt,
war sie, was man nicht dreist belache,
in beidem halb nur bei der Sache.
Das Baby hat vorbeigewässert,
und auch die Welt war nicht verbessert.
Verdutzt stand sie mit Unverständnis
gereizt vor einer Alt-Erkenntnis
und wurde hoffentlich gescheit:
Am besten immer eins zur Zeit!

Mit harter Arbeit ringen –
doch nichts erzwingen.
Sie muß vor allen Dingen
auch Freude bringen!

Das Schicksal zeigt sich gleich erkenntlich,
nimmst du nicht alles selbstverständlich.
Der Weg ist dabei jedem gangbar,
und niemand dürfte ihn bereuen:
Für vieles bist du plötzlich dankbar
und siehst mehr Gründe, dich zu freuen.

In Augen andrer macht er's richtig,
nimmt sich der Mensch nicht selber wichtig.
Er muß sich aber wichtig nehmen,
will er nicht jeden Ehrgeiz lähmen,
im Leben etwas zu erreichen,
um nicht ganz spurlos zu verbleichen.
Die Ziele sucht er meist zu mischen –
und tappt stets zweifelsvoll dazwischen.

Wie oft's doch Menschen übermannt,
die gnadenlos sich überschätzen,
den störend mangelnden Verstand
durch Selbstbewußtsein zu ersetzen.

Noch jede Zeit versucht mit kühnen Nerven,
manch alte Weisheit aus der Bahn zu werfen.
Sie wird dann gern als überholt verspottet
und gilt gleich als verstaubt und eingemottet.
Die Weisheit sucht erst gar nichts zu beweisen
und bleibt fast unbemerkt in den Geleisen.
In Wahrheit war die Zeit nur falsch gepolt.
Die Weisheit hat sie lange überholt
und steht am Ende meistens da und lacht:
Den Umweg hatte nur die Zeit gemacht!

Ein Mann, in seine Frau verliebt,
bemerkte, was es manchmal gibt,
die Reize einer andern Frau.
Er schämte sich zwar ungenau,
doch sagte er sich trostbereit:
Es ist kein Wunsch – nur Möglichkeit,
und die, das wird nicht schaden können,
will ich als Vorstellung mir gönnen.

Die Ärzte haben's gut, sie wandeln
umher, die Kranken zu behandeln.
Viel schwerer habe ich gefunden:
Behandeln Sie mal die Gesunden!

Von sich Unmögliches verlangen
sei unser erstes Unterfangen.
Wie man belehrend unterstreicht,
wird so das Mögliche erreicht.
Das müssen viele anders meinen,
weil sie es zu verwechseln scheinen
und selbst, was immer sie auch starten,
stets das Unmögliche erwarten.

Wer über seine Arbeit schimpft,
hat sich den Trost nicht eingeimpft:
Sein Schimpfen findet ja nur statt,
solange er noch welche hat.
Das könnte ihn an sie gewöhnen
und mit der Arbeit glatt versöhnen!

Der Mensch gelobt es stets entschieden,
er strebe unbedingt nach Frieden,
und sieht doch ein, es muß im Leben
auch immer wieder Kämpfe geben.
Am besten kämpft er mit Humor,
dann graut ihm weiter nicht davor,
denn es geht ja nicht um sein Leben –
verliert er mal, verliert er eben.
Nur haben Menschen, wenn sie stritten,
zu oft die Grenze überschritten.
Mit Ernst und Tod ging's um den Sieg –
und dann wird jeder Kampf zum Krieg,
und wenn ich unsern Alltag sehe
und soviel Neid nicht mehr verstehe,
fürcht' ich, die Menschheit wird auf Erden
in Zukunft auch nicht schlauer werden.

Es bleibt dem Menschen unbenommen,
mit andern friedlich auszukommen,
er braucht sich nur nicht aufzuregen
und ihren Maßstab anzulegen.
Am wichtigsten ist Regel eins:
Verdienst hab'n andre – du hast keins!

Der Mensch will manchmal, höchlich sauer,
mit seinem Kopf durch eine Mauer.
Ein Kluger fragt erst mit Verstand:
Aus welchem Stoff ist denn die Wand?

In Aufregung kann's dir passieren,
du möchtest den Verstand verlieren!
Nun ist das, wenn du es erfaßt,
ein Zeichen, daß du welchen hast.
Du solltest alle Kraft entfalten,
ihn auch noch länger zu behalten,
und es als tröstlich doch empfinden:
Wie viele müssen ihn erst finden . . .

Der Mensch wird sich oft nicht recht schlüssig:
Was ist im Grunde überflüssig?
Die Frage bleibt, weil falsch herum,
bei den Versicherungen dumm,
denn wie es mit der Antwort steht –
wenn du das weißt, ist es zu spät.

Wenn du dich deines Lebens freust,
zugleich doch vor Bedenken scheust
und Zweifel deiner sich bemächtigt,
ob Freude unbedingt berechtigt,
dann findest leicht du einen Dichter
als höhnisch-dünkelhaften Richter,
der handumdrehend deine Welt
dir hämisch-schadenfroh vergällt.
Hast du erst den bestürzt gelesen,
bist du von Hemmungen genesen,
erfreust dich unbeschwert und heiter –
und liest den Dichter nicht mehr weiter.

Wenn herber Kummer dich bedrückt,
du denkst, daß all dein Tun mißglückt,
dann stemm' dich ihm mit List entgegen
und fang' mal an zu überlegen,
was freut, wofür du dankbar bist –
kurz, das, was du so schnell vergißt!
Zwar, die Methode ist nicht gängig,
doch macht sie herrlich unabhängig.

Du bist noch ausgesprochen klein
und weit entfernt, ein Mensch zu sein,
solange du entrüstet bist,
nur weil ein andrer – anders ist.

Nur selten sagt ein Mensch ganz schlicht:
Das weiß ich nicht, das kann ich nicht,
und gibt gelassenen Gesichts
gern zu, davon versteh' ich nichts.
Er brauchte doch sein Selbstvertrauen
darum nicht ängstlich abzubauen!
Gestünde er's bescheiden klug –
was übrigbliebe, wär' genug,
und ein Verzicht auf jeden Schleier
macht' ihn auch noch erheblich freier...

Der Mensch wird nicht gescheit:
Wie oft schafft er mit Neid
der Unzufriedenheit
erst die Gelegenheit!

Der Geist war willig, nur das Fleisch war schwach?
Da zeigt doch manchem Mann der Ehekrach,
wie umgekehrt es häufig ist – denn ach,
sein Fleisch war willig, bloß sein Geist war schwach!

Da könnte man die Hände winden,
was Menschen selbstverständlich finden!
Erwartungen sind bis unendlich
fast allen völlig selbstverständlich.
Nur bei Verantwortung und Pflicht,
da gilt das weniger bis nicht.
Sie sollten sich nicht länger wehren,
mal das Verhältnis umzukehren...

Ein Mensch, der sich nichts sagen läßt,
klebt stumpf auf seiner Sprosse fest
und kommt auf keiner Leiter weiter –
auf andre wirkt das meistens heiter.

Es ist kein Grund dich aufzuregen,
beschimpft dich jemand blöder Hund.
Du bleibst belustigt überlegen,
fragst du gelassen nur – ja, und?

Wie wär's, wenn du es mal erprobst,
und, wo berechtigt, andre lobst?
Und stell' dir vor, wenn du erst merkst,
daß du mit Lob auch Menschen stärkst!
Du wolltest doch besonders sein –
Kritik fällt nämlich allen ein...

Der Mensch von heute soll es hassen,
sich im geringsten anzupassen.
Was macht er denn, in aller Welt,
wenn er vor einer Ampel hält?

Die Politik muß dauernd hinken,
ihr fehlt Verstand und fehlt Geduld,
und nicht die Rechten oder Linken –
die Menschen haben immer schuld.
Doch es ist zwecklos zu verlangen,
sie sollten mal bei sich anfangen...

Ein andrer Mensch ist Mosaik,
und ob er redete, ob schwieg:
Der erste Eindruck gibt dir einen,
nun, Rahmen mit nur zwei, drei Steinen.
Den Rest hat er dir auszufüllen,
um so sein Wesen zu enthüllen.
Doch meistens füllen wir gleich kraus
die leere Fläche selber aus.
Dann wundert uns das schiefe Bild,
woraus leicht viel Enttäuschung quillt,
und oft die bitterste von allen:
Wir fühlen uns hereingefallen,
durch unsre Ungeduld – wie schade!
Denn mit Geduld wärs Bild ja grade...

Der Mensch versteht trotz Haken und auch Ösen
die großen Fragen immer nicht zu lösen,
und über diesen schweren Kopfarbeiten
vernachlässigt er meist die Kleinigkeiten.
Er sollte vielleicht mal von sich verlangen,
mehr bei den Kleinigkeiten anzufangen.
Die großen Dinge nämlich, obendrein,
erledigen sich dann oft von allein . . .

Was nicht einmal erstaunlich ist:
Ein Makler und ein Journalist
entdecken, und zwar notgedrungen,
gerade bei Versicherungen
mit den bekannten Schwierigkeiten
doch etliche Gemeinsamkeiten.
Wir sollen, ohne zu verflachen,
den Menschen etwas deutlich machen.
Verständlich ist es zwar am fairsten,
doch einfach wiederum am schwersten,
und oft steh'n wir verzagt davor –
dann hilft uns, manchmal, der Humor!

Der Mensch ist weise so gebaut:
Er kann doch nie aus seiner Haut –
und sollte sich den Wunsch ersparen,
erbost aus ihr hinausfahren.

Der eine möchte Mißgunst schmieden:
Dir geht es gut, du bist zufrieden!
Worauf der andere sich wehrt,
das ist gerade umgekehrt,
hab' zur Zufriedenheit erst Mut,
dann geht es dir als Folge gut.
Behutsam wird die Welt vermeiden,
die Frage jemals zu entscheiden,
und jeder muß sich davor beugen,
den andern nicht zu überzeugen . . .

Der ängstlich-vorsichtigen Art
bleibt selbstverständlich viel erspart –
doch wenn sie niemals überschäumt,
hat sie auch allerhand versäumt!

Der Mensch muß das erstmal erfassen:
Er darf den Kopf gern hängenlassen,
nur kann er, das ist zu verstehen,
dafür auch keinen Lichtblick sehen!

Mein Kummer, wenn ich mich ihm stelle,
ist schon ein komischer Geselle.
Mir selbst erscheint er ziemlich groß
und anderen so winzig bloß.
So hab' ich immer ausprobiert,
wie weit er andre int'ressiert,
und lass' ihn dann nicht größer werden –
ich will mich ja nicht falsch gebärden.

Die Wahrheit staunt, ich höre jeden
so gern von meiner Stunde reden
und frage jedesmal zurück:
Genügt mir nicht ein Augenblick?
Nur kann es mancher nicht verwinden,
mich unerwartet vorzufinden.

Wenn doch die Menschen überwögen,
die über eigne Schwächen lachen
und nicht aus ihrem Unvermögen
noch dümmlich eine Tugend machen.

Man muß behutsam Menschen auch verstehen,
die zuckend Klarheit gleich als Härte sehen.
Denn was im Nebel leicht als Größe narrt,
erscheint bei Licht gering – und das ist hart!
So laßt sie nur gedanklich unklar wühlen
und sich im Dunst erhaben wohler fühlen.

Es ist schon manchmal eindrucksvoll,
die Worte kunstgerecht zu drechseln.
Nur darfst du das um keinen Zoll
mit Geistestiefe je verwechseln.

Wir werden schon als Kind gebeten,
bloß in kein Fettnäpfchen zu treten.
Doch siehst du ängstlich auf der Welt
nur Näpfchen für dich aufgestellt –
dann, Mensch, laß alle Vorsicht sein,
und tritt mal ruhig kräftig rein!

Wie strengt sich der Verstand oft an!
Gefühle sind da besser dran:
Sie bleiben weder falsch noch richtig
und werden nie begründungspflichtig.
So ist er wenig zu beneiden,
will er sie dann in Worte kleiden,
denn dazu muß er Gründe wissen –
die lassen sie zu gern vermissen.
Auch wird er schließlich gar verdächtigt,
beweist er sie als unberechtigt,
er habe sie falsch ausgelegt
und kriegt, was er nur schwer erträgt,
zum Dank für Mühe und Geduld
bei ihren Fehlern noch die Schuld!
Wenn der Verstand nichts weiß, dann soll er eben
Gefühlen lieber keine Worte geben.

Der fortschrittliche Mensch hat es entdeckt:
Er möchte alles sein – nur nicht perfekt.
Die Perfektion erwarten umgekehrt
wir von den anderen, und zwar gediegen,
vom Taxifahrer, der uns grade fährt,
und vom Piloten auch, mit dem wir fliegen.

Ein Mensch hat ärgerlich geschluckt:
Ein Wort von ihm war falsch gedruckt.
Doch wenn der Fehlerteufel grinst,
ist's klüger, daß du dich besinnst
und denkst, da ist nichts mehr zu machen.
Fang' unbekümmert an zu lachen,
davon, was ihn verstört erschreckt,
wird selbst der Teufel angesteckt!

Du stehst beim Glück in hoher Gunst,
beherrschst du eine rare Kunst:
als ausgesprochen armer Hund
vergnügt zu sein – ganz ohne Grund.

Ein Mensch, stets geistesgegenwärtig,
ist meist mit seinem Urteil fertig,
bevor er eine Meinung hat.
Die findet dann auch nicht mehr statt,
denn er denkt lieber schnell als tief.
Natürlich ist das schön naiv,
doch was daran mit Recht besticht:
Er selber merkt es immer nicht.

Die Phantasie wird oft zum Retter,
das zeigt sich schon bei schlechtem Wetter.
Denn der Verstand kann sich nur scheuen,
darüber sich auch noch zu freuen.
Doch ihr glückt es in allen Fällen,
vergnügt sich darauf einzustellen.
Natürlich raunt er mir ins Ohr:
Sie macht dir ja bloß etwas vor.
Und dann kann er es gar nicht fassen –
ich will ihr einen Spielraum lassen!
Denn die Verteilung ist nicht schlecht:
Ich freue mich – und er hat recht.

Du darfst, das nimm zur Kenntnis,
willst jeden du verstehen,
vor allzuviel Verständnis
nicht selber untergehen.

Ersehnst du es sehr eindringlich,
bei andern Harmonie zu pachten,
so mußt du nur versuchen, dich
mit ihren Augen zu betrachten.
Du fängst bei ihrer Leistung an,
sie zehnfach größer anzusehen –
und für die eigne brauchst du dann
bloß das Verhältnis umzudrehen...
Du meinst, doch nicht in jedem Falle?
Mein lieber Freund, so sind wir alle!

Wie oft hab' ich mit dir gelacht,
gesagt: Ich freue mich mit dir!
Doch manchmal kommt mir der Verdacht:
Freust du dich eigentlich mit mir?

Wenn bloß die Einsicht leichter fiele:
Intelligenz ist nicht genug.
Intelligent sind nämlich viele –
doch wenig Menschen nur sind klug.

Ein Mensch behauptet etwas fest,
wobei sich meistens sagen läßt,
wie er sich dann verhalten wird,
wenn feststeht, er hat sich geirrt:
Er will, darauf kannst du gleich schwören,
von der Behauptung nichts mehr hören.
Wer sich das klarmacht, ahnt entfernt,
warum die Menschheit nie recht lernt.

Das läßt sich immer wieder sehen
und scheint auch jeden anzugehen:
Der Mensch tritt gern auf fremde Zehen
und urteilt, ohne zu verstehen.

Was hindert mich daran,
von andern abzuweichen?
Kein Fingerabdruck kann
aufs Haar dem zweiten gleichen.

Sagt jemand, das sei Ansichtssache,
muß ich verhindern, daß ich lache,
wenn sich zugleich der Eindruck stärkt
und man an seiner Ansicht merkt,
daß heimlich er doch auf der Welt
die eigne nur für möglich hält.

Warum denn so verbissen kämpfen?
Laß dir den Ehrgeiz lieber dämpfen:
Du kannst ja gern um etwas ringen –
versuch es nur nicht zu erzwingen!

Wer ist als Mann ein Kavalier?
Ob Steinbock, Löwe oder Stier,
ob Skorpion, ob Wassermann –
es kommt nicht auf das Sternbild an.
Denn nicht, wer rote Rosen schenkt
und immer nur ergeben denkt,
nicht, wer devot zur Klinke schnellt
und aufmerksam die Tür aufhält,
und sei er noch so eine Zier –
nicht der ist wirklich Kavalier.
Wer, wenn es ihm auch wenig paßt,
für eine Frau in Dornen faßt,
wer weiß, wann sie am besten fährt,
wenn er ihr eine Tür verwehrt,
und spürt in richtigem Entschluß,
wann er auch mal vorangehn muß –
ob großes oder kleines Tier:
Der ist schon mehr ein Kavalier.
Doch wer nur auf sich selber setzt,
nicht über- sich, nicht unterschätzt,
wer sich nicht groß, nicht kleiner macht,
und über sich auch selber lacht,
wer sie begeistert ohne List
und zu sich steht, so wie er ist,
wer sich so sieht, wie sie ihn sieht,
und nirgends vor sich selber flieht,
wer Kraft ausstrahlt, das schaffen wir –
der ist von selbst ein Kavalier!

Wenn Eitelkeit erst abgebaut
und ein Mensch sich selbst vertraut,
dann freue er sich doch unsäglich:
Von nun an ist er ganz erträglich.

An sich will jeder sich gern freuen
und sollte sich da auch nicht scheuen.
Doch mancher schimpft, daß er's verstünde,
nur fehlten immer ihm die Gründe.
Das zeugt von mangelndem Verstand.
Empört weist er das von der Hand,
der Vorwurf stört ihn ungemein –
denn wer sieht das von sich schon ein?

Wie du dir doch den Tag vergällst,
wenn du stets bloß – in Frage stellst.
Mensch, werde dir nicht selbst zur Plage,
stell' einfach negativ in Frage,
hab' mal den Mut, sei so naiv:
Daraus wird nämlich positiv!

Der Ruhe an den Feiertagen
ist nur ein Fehler nachzusagen:
Kaum sind wir auf Geschmack gekommen,
wird sie uns wieder weggenommen.

Vor Weihnachten bestellte sich einmal
ein Mensch in seiner Überlastung Qual
mit tiefer Inbrunst einen Heinzelmann,
der ihm beim Vorbereiten helfen kann.
Doch wurde nichts aus diesen Hilfsarbeiten.
Der Heinzel klagte über schlechte Zeiten:
Vor Überarbeitung fast aufgerieben,
seien sie zudem sozial zurückgeblieben.
Beschämt sah unser Mensch das völlig ein.
Er blieb beim Vorbereiten stumm allein
und drückte ihm ein Geldstück in die Hände
zur Heinzelmänner-Unterstützungsspende.

Eins nur wünschen wir bescheiden
für Weihnachten und's neue Jahr:
Werde keines von den beiden
schlechter, als das letzte war.

Wenn wieder mal ein Jahr sich wendet
und am Silvesterabend endet,
dann kratze ich mich hinterm Ohr
und stelle jedesmal mir vor:
Wie ist die Zeit doch zu beneiden!
Ihr glückt's, das Altern zu vermeiden.
Denn wird sie älter, wird sie neuer,
das ist doch wirklich nicht geheuer!
Wenn wir als Menschen so veralten,
dann kommen höchstens neue Falten.
Wär's möglich, mit der Zeit zu tauschen
und ihr Geheimnis abzulauschen?

Der Mensch ist für die kleinen Schritte
und hält sich lieber in der Mitte,
weil er bei einem großen Schritt
doch meistens nur danebentritt.

Wo Menschen sich darauf verstehen,
stets gleiche Fehler zu begehen,
da ist es int'ressant zu sehen,
wie sie's nicht ungeschickt so drehen,
wenn sie Entschuldigungen drechseln,
daß wenigstens die Gründe wechseln.

Du kannst dir große Mühe geben:
Gelingt dir irgendwas daneben,
dann sieht gewöhnlich alles Volk
nur schadenfroh den Mißerfolg.

Du weißt, beim Zahnarzt sind die Schmerzen
doch nie ganz sicher auszumerzen.
Drum nimm es dir nicht so zu Herzen.
Versuch mal mit dir selbst zu scherzen,
und denk schon morgens in der Frühe:
Der Mann gibt sich ja große Mühe!

Wenn manche bloß vor lauter Vornehmheit
nicht so verächtlich stumm den Mund verzögen!
Denn das entlarvt sich oft nach kurzer Zeit
doch nur als schlichtes Ausdrucksunvermögen...

Ein Mensch bricht Ärger jäh vom Zaune.
Du fragst, er hat wohl schlechte Laune?
Meint er dann wütend, das ist richtig,
bleibt eine Unterscheidung wichtig,
wenn man die Sache logisch nimmt:
Das ist nicht richtig – nur es stimmt.

Es wirkt fatal, mit dicken Nerven
sich auch noch in die Brust zu werfen,
weil die nur breit im Körper sitzen –
und nicht mehr in den Fingerspitzen.

Mit Recht, schreit der Fanatiker,
verachte ich Pragmatiker,
sie leben wohlig und bequem.
Du irrst, meint der, und außerdem
willst du für mich auf heißen Sohlen
noch einen Schnellzug überholen,
in welchem ich uns zwei vergleiche
und weit vor dir das Ziel erreiche,
geduldig, ruhig, unfanatisch –
ja, siehst du, das ist mir sympathisch!

Ein Mensch durchraste Buch auf Buch,
wobei er so die Seiten hieb,
daß diesem geistigen Eunuch
auch nicht ein Fetzen hängenblieb.

Ein Mensch mit einem Nierenstein
kam bald mit diesem überein:
Wir können uns nicht Freunde nennen,
so sollten wir uns lieber trennen.
Der Stein gewönne Tageslicht.
Worauf der Nierenstein verspricht,
er hinterlasse keine Erben
und wolle keinen Tag verderben.
Drauf ließ, das war nicht zu vermeiden,
der Mensch sich in den Körper schneiden.
Nun möge gutes Schicksal walten
und auch der Stein sein Wort einhalten!

Oft kann ich den Verstand bedauern:
Er will die Freude untermauern –
und häufig fehlen ihm die Steine!
Dann freut sich mein Gefühl alleine
und nimmt das Schicksal einfach hin.
Vielleicht ist grade das sein Sinn?

Wenn manchmal selbstbewußte Augen
dein Selbstvertrauen dir gefährden,
dann prüfe, ob sie wirklich taugen
und vom Verstand bestätigt werden.

Die Kunst will in modernen Ländern
verachtungsvoll die Welt verändern
und zeigt den Menschen, daß sie leiden.
Sie müßten deshalb Freude meiden
und ständig sich darauf verstehen,
das Leben negativ zu sehen.
Was soll bei solchen Kunstbeschwerden
denn auf der Erde anders werden?

Laß dir Enthusiasmus dämpfen
– ich will dich nicht beleidigen –:
Du kannst für keine Meinung kämpfen,
du kannst sie nur verteidigen.

Das Autofahren wäre herrlich
und obendrein schier ungefährlich –
wir hätten nur verhindern sollen,
daß andre auch mal fahren wollen.

Der eine hat sich übel mitten
in seinen Finger bös geschnitten.
Der andre sagt als Pflichtübung
zerstreut, na, gute Besserung –
ihm scheint das Leben schier verdorben:
Sein Goldfisch ist abrupt gestorben.
Und so verteilt der Mensch recht niedlich
sein Mitgefühl sehr unterschiedlich.

So mancher redet wild von Zwängen,
er möchte dauernd Fesseln sprengen
und unterscheidet blind im Drang
nur nicht Erfordernis von Zwang.

Mit wahrhaft zärtlichem Gefühle
lob ich mir meine Kaffeemühle.
Durch ihren rechten Drehungsschwung
gibt sie mir Selbstbestätigung,
und ohne Kraft mir abzuringen,
läßt sie sich in die Knie zwingen.
So spüre ich mit froher Miene,
daß ich mir den Kaffee verdiene.
Dagegen die Kaffeemaschine!
Sie läßt ja meinen Eifer kühl
und nimmt mir jedes Kraftgefühl.
Und welch erbärmliches Entzücken,
bequem nur auf den Knopf zu drücken!
Wie kann ich mich denn bloß erdreisten,
für den Genuß selbst nichts zu leisten,
statt drehend anständig zu schwitzen,
untätig lässig dazusitzen?
So sprach die Hausfrau überzeugt bei sich,
wobei sie nachdenklich die Haare strich,
doch während sie den Augenblick genoß
und voller Stolz verklärt die Augen schloß,
bezog der Zweifel leise seinen Posten:
Was würde die Maschine denn wohl kosten?

Was brauchte unsre Welt,
damit sie reibungsloser liefe?
Mehr Ruhe und mehr Tiefe.

Ein Mensch kämpft, und nicht nur zuweilen,
mit Schwierigkeiten, einzuteilen.
Denn Arbeit, Zeit und Kraft entblößen
sich ihm als unhaltbare Größen.
Da hat, weil keine Mühe nützt,
ein Psychologe ihn gestützt.
Seitdem nennt er modern naiv
sein Unvermögen kreativ.

Der Sommer sei auch immer Sommer:
Das wird manchmal ein Wunsch – ein frommer!
Doch können wir an den Kalendern
bekanntlich sowieso nichts ändern.
So bleibt uns nur, in allen Fällen
uns weise auf ihn einzustellen . . .

Du brauchst nur Mut mit Ruhe zu verbinden,
wo ungeduldig du zuviel verlangst,
um so die Ungeduld zu überwinden,
denn Ungeduld – ist letzten Endes Angst.

Was mancher Mensch zu leicht vergißt:
Daß jeder konkurrenzlos ist.
Denn das Bewußtsein könnte eben
ihm innerliche Ruhe geben.
Nur muß er selbst den Preis festsetzen
und seinen Wert nicht überschätzen –
wobei er sich mitunter quält,
weil eine Schätzungsstelle fehlt.
Am besten niedrig, unverzagt,
sonst bleibt er ziemlich ungefragt . . .

Ein Pfau entsetzt sich bieder:
Putzt du nicht dein Gefieder?
Der Löwe nickt: Ganz richtig,
das ist mir nicht so wichtig.

Laß dich nicht nur mit einem Körper trauen,
denn Kopf und Herz bei manchen Frauen –
sie halten später leider nicht,
was die Figur zunächst verspricht.

Im Grund erzeugt ja jeder Satz
zugleich auch einen Gegensatz.
Nun kann der Mensch natürlich fragen:
Warum soll ich drum einen sagen?
Das wäre falsch – er braucht allein
sich dessen nur bewußt zu sein,
sieht seine Meinung dann entspannt
so relativ wie tolerant,
hebt frei den Gegensatz hervor –
und trägt ihn zwinkernd mit Humor!

Von seufzerlangweiliger Klarheit
bekanntlich ist die Binsenwahrheit.
Warum, im Kleinen wie im Großen,
wird dann dagegen stets verstoßen?

Ein Mensch, der wenig übersieht,
verliert die Ruhe keine Spur,
weil er Gelassenheit oft nur
aus seiner langen Leitung zieht.

Wie leicht der Mensch es doch vergißt,
daß Neid ein schlechter Richter ist.
Er macht die Freude hinterrängig,
und neidisch macht nicht unabhängig –
nur sagt der Mensch auch noch mit Neid,
er liebe Unabhängigkeit!

Wer wild nach Meinungsfreiheit schreit,
merkt häufig nicht – wie es mir scheint –,
daß er mit Unverdrossenheit
doch meistens nur die eigne meint.

Der Mensch reckt sich oft unerhört,
wenn Größenunterschied ihn stört,
wobei er meistens nur vergißt:
Es kommt drauf an, wo er denn mißt.
Die Füße nämlich, arm und reich,
stehn auf dem Boden immer gleich.

Wenn's dem Verstand zu hoch gehängt,
bemüht, bevor er nutzlos denkt,
der Mensch verdächtig leicht dafür
als Lückenbüßer sein Gespür,
was denn, worauf er sicher zählt,
bloß er besitzt und andern fehlt.
Da tummeln alle sich im Trüben,
und das braucht niemand erst zu üben.
So sieht, Beweise sind ja schlecht,
sich auch der Dümmste noch im Recht –
nur fällt natürlich keinem ein,
er könnte selbst der Dümmste sein!

Manchmal erhebt sich eine Frage
und fängt beschämt an, sich zu grollen,
denn sie erkennt mit einem Schlage:
Sie hätte liegen bleiben sollen.

Ein Mensch besaß voll Stolz ein Bild
und liebte es abgöttisch wild.
Ein Kritiker mit finsterm Auge
befand, daß dieses Bild nichts tauge.
Der Mensch verbeugte sich bescheiden
und mochte es nun nicht mehr leiden.
Und so, recht unbefang'nen Mutes
erreicht Kritik doch etwas Gutes.

Daß nehmen seliger als geben,
denkt mancher Mensch bedauerlich
und fordert immer viel vom Leben
und reichlich wenig nur von sich.

Ein Mensch, der, was recht oft geschieht,
ein Wagnis gar nicht übersieht
und unternimmt, wovor du bangst,
der hat natürlich keine Angst –
doch damit auch noch keinen Mut.
Mut wird es erst, wenn du sehr gut
das Risiko bedenkst und zagst
und es bewußt dann trotzdem wagst.
Nur mußt du neidlos anerkennen
und kannst es ja gern tröstlich nennen:
Drum haben reichlich unbesonnen
so oft die Dümmeren gewonnen!

So wie wir es bestätigend oft lesen,
ist jeder Mensch für sich ein Einzelwesen.
Nur ließe mancher sich gern die Quelle nennen,
um seine Einmaligkeit mal zu erkennen:
Man muß viel Zweifelshürden überwinden,
um sich auch selber einmalig zu finden!

Wie freut sich jeder Mensch im Leben,
wenn dann Versprechen, die gegeben,
– im Himmel und zunächst auf Erden –
auch wirklich eingehalten werden!
Dagegen, was wir selbst versprochen,
wird achselzuckend leicht gebrochen –
doch das betrifft ja leider jeden,
drum woll'n wir davon nicht mehr reden...

Der Mensch empfindet, weil er stört,
den Gegensatz als unerhört.
Doch muß es Gegensätze geben,
denn sonst verödete sein Leben.
Nur sollten sie mit scharfen Krallen
nicht gierig aufeinanderprallen
und ohne Tritte auf die Zehen
gelassen beieinander stehen.
Das ist die Kunst – und die geht vor,
und da bewährt sich erst Humor...

Was ab und zu viel Trost enthält:
Aus seiner kleinen heilen Welt
die große blinzelnd zu betrachten,
um sie dann herzlich zu verachten.

Ein Mensch, der Logik stolz verschmäht,
weil er mit ihr auf Kriegsfuß steht,
kehrt kurzerhand den Spieß herum
und sagt, sie sei ihm schlicht zu dumm –
nur kann, verrät mir mein Gespür,
die arme Logik nichts dafür!

Wenn du behauptest, dich nicht wegen
der Kleinigkeiten aufzuregen,
bist du noch nie in stiller Nacht
durch eine Mücke aufgewacht.

Wenn du auf schlechtes Wetter fluchst,
verzerrst noch wütend dein Gesicht,
bedenke – was du auch versuchst:
Das Wetter int'ressiert es nicht!

Die sicherste von allen Arten,
sich Unzufriedenheit zu fangen:
Von anderen zuviel erwarten
und wenig nur von sich verlangen –
und täglich ist es nett zu sehen,
wie viele Menschen sicher gehen!

Der Mensch ist in der Gegenwart
in Technik manchmal so vernarrt,
daß ihn kaum der Verdacht befällt,
ob sie nicht ihn zum Narren hält.

Schlag' ruhig auf die rechte Wange,
ich halt' dir auch die linke hin.
Mir ist nicht vor dem Schlagen bange –
nur seh' ich darin keinen Sinn.

Der Mensch sehnt sich nach Harmonie,
und mühelos bekommt er sie
bei allseits gleichgestimmter Meinung.
Nur wenig tritt sie in Erscheinung,
wenn Meinungen sich unterscheiden.
Dann können Menschen sich nicht leiden –
als ob auch sie verschieden wären
und stets genüßlich Zwist begehren.
Sie brauchten es bloß zu erkennen:
Sobald sie Mensch und Meinung trennen
und sich zuerst dem Ziel verschreiben,
daß sie gemeinsam Menschen bleiben,
sind nur die Meinungen verschieden –
und zu befürchten wäre Frieden!

Was sich der Mensch nicht vorstell'n kann,
sieht er gern als unmöglich an,
und wenn's ihm an Verstand gebricht,
behauptet er, das gibt's auch nicht,
womit zugleich, wer dazu neigt,
beschämend enge Grenzen zeigt,
in denen er, naiv bestrebt,
genügsam ohne Zweifel lebt.

Erscheint ein Mensch dir überheblich,
hat er sich meistens nur vergeblich
der rechten Forderung gebeugt:
Er sei von sich auch überzeugt.
Denn unsicher will er nicht sein.
Genau das ist er doch – allein,
der Grat dazwischen bleibt stets schmal,
und niemand geht ihn ideal.

Die Menschen merken es meist bald:
Sie brauchen alle einen Halt.
Nur können ihn, das ist es eben,
sich wenige von innen geben.
Die meisten brauchen ihn von außen.
So suchen sie ihn immer draußen
und geben dafür, bitte sehr,
natürlich ein Stück Freiheit her.
Das ist ganz einfach zu verstehen –
und fällt so schwer, es einzusehen...

Zwar möchten manche mehr erreichen,
wenn sie mit andern sich vergleichen –
und brauchten sich bloß zu bequemen,
die Hände aus dem Schoß zu nehmen!
Nur – das ist ihnen schon zuviel,
und Anstrengung auch nicht ihr Stil.

Scheint schon das Leben schwer genug,
sei wenigstens der Mensch so klug,
dagegen heftig sich zu wehren,
es sich auch selber zu erschweren.
Was arg für seine Sprache gilt,
die meist bejammernswürdig quillt,
statt Geisteskräfte zu entfachen,
sie einfach, leicht und klar zu machen –
vorausgesetzt, daß er das kann.
Wenn nicht, kommt's wesentlich drauf an,
sich immerhin in Sprachgefilden
nicht gar noch etwas einzubilden.

Im Zweifel, ob er das verdiene,
sieht mancher Mensch vor lauter Pflichten
sein Leben mit betrübter Miene
als ein Problem mit vielen Schichten.
Für jeden gilt das alte Lied,
da hapert's aber bei den meisten:
Nur wer die wesentliche sieht,
kann sich dann auch Probleme leisten.

Ein Mensch, um seine Meinung mal gebeten,
kann sie gelassen mit Humor vertreten,
wenn er in keinem Augenblick vergißt,
wie relativ doch jedes Urteil ist.

Die Schadenfreude sei am reinsten?
Ist sie nicht wirklich am gemeinsten?
Sie ist tatsächlich rein, ganz schlicht,
und meint im Grund den andern nicht:
Wenn er sich schadenfroh betätigt,
fühlt sich der Mensch nur selbst bestätigt.
So wird sein Selbstgefühl gestützt –
na, wenn's dem Schadenfrohen nützt...

Eine bedenkliche Erscheinung
ist meistenteils die eigne Meinung.
Das Selbstgefühl wird untergraben,
weil andre auch noch eine haben.
Man sucht Bestätigung vergeblich –
und wird dann lieber überheblich.

Sind alle guten Dinge drei?
Viel besser sind doch manchmal zwei,
und erst am schönsten wird's, mir scheint's,
sind dann die beiden schließlich eins.

Die Menschen gleichen ohne Grund
zu oft der Katze und dem Hund,
obgleich sie selbst es doch verstehen,
erzieherisch so vorzugehen,
geschickt die Tiere zu versöhnen
und aneinander zu gewöhnen.
Nur das auf sich zu übertragen –
da scheinen Menschen zu versagen...

Von Technik oft besessen,
wird allzu leicht vergessen:
Wohin wir uns auch treiben –
die Welt wird Stückwerk bleiben.

Und was ich dir auch schenke,
wie wenig das doch ist,
wenn ich dagegen denke,
was du mir immer bist.

Wir Menschen müssen, wenn wir leiden,
die Möglichkeiten unterscheiden:
Wir können uns dazu bequemen,
indem wir uns nicht wichtig nehmen,
selbst einen Weg herauszufinden,
um unser Leid zu überwinden
und in den unlösbaren Fällen
uns auf das Schicksal einzustellen.
Nimmt sich ein Mensch dagegen wichtig,
dann hält er es für durchaus richtig,
die Menschheit damit zu beglücken,
sein Leiden schreibend auszudrücken.
Dadurch ist zwar noch nichts gewonnen,
doch haben andre nun begonnen,
statt sich zu freuen an Genüssen,
zu sehen, daß sie leiden müssen –
und ein Erfolg bleibt unbestritten:
Sie hatten vorher nicht gelitten!

Ein Mensch war, weil nun unverrücklich,
mit seinem Los auch durchaus glücklich.
Da brachte ihm ein andrer bei,
wie er doch zu bedauern sei –
und hat ihm damit eins beschieden:
Der Mensch ist seitdem unzufrieden.

Der eine freut sich unumwunden,
er habe seinen Stil gefunden.
Der andre höhnt, den scheint's zu zwicken,
nach einem Muster nur zu stricken.
Ein dritter fragt sich, wer hat recht?
Die Antwort ist für Menschen schlecht.
Denn beide, muß man ehrlich sagen –
das können sie bloß nicht vertragen!
Wie sie ihr Leben so gestalten,
will einer immer recht behalten.

So viele, wie es Menschen gibt,
gibt's Meinungen, oft unbeliebt.
Dann brauchst du dich ja auch deswegen
nicht über *eine* aufzuregen!
Nur denk' dran, daß du's nicht vergißt,
wenn es mal wieder soweit ist...

Kein kluger Mensch hält eitel-wohlgemut
die eignen Ansichten für absolut.
Das Recht hat nämlich niemand – doch o Graus,
wie viele nehmen's täglich sich heraus!

Es kann doch manches Mal erbosen,
wie Menschen sich die Nase stoßen,
nur weil sie sich nicht darum scherten,
die Schrammen andrer zu verwerten!

Schon wenn er seine Jahre mißt,
zeigt sich der Mensch so, wie er ist:
Das Alter zwar erreichen wollen,
doch ohne ihm Tribut zu zollen.
Er möchte keinerlei Beschwerden
und ohne Spuren älter werden.
So mag er seine Ziele malen:
Viel nehmen – ohne zu bezahlen!

Ein Sprichwort tröstet wohlgemut,
denn alles sei für etwas gut.
Doch fängt beim Pech der Zweifel an,
wozu denn das wohl gut sein kann?
Du mußt mit hektischem Gespür
nicht wissen wollen gleich wofür.
Ob mit, ob ohne eigne Schuld –
am heilsamsten ist Geduld,
sonst wird die Lehre dir verwässert
und durch Erfahrung nichts verbessert,
und dir passiert es noch einmal.
Das wäre dumm – und auch fatal!

So manchem, ohne sich zu kränken,
gelingt es immer, dumm zu denken.
Dann grenzt es ja schon an Verbrechen,
das auch gepflegt noch auszusprechen!

Was keiner sträflich unterschätze,
sind ungeschriebene Gesetze,
und doch, im Kleinen wie im Großen,
wird oft dagegen dumm verstoßen
und jedesmal, was ihr verschlaft,
auch ohne Richter hart bestraft.
Da bleibt nur, schüchtern vorzuschlagen,
den eigenen Verstand zu fragen –
das muß für viele bitter enden:
Die können sich an niemand wenden.

Ein Augenblick fand sich so schön
und wünschte sich, er bliebe stehn.
Er klammerte sich an die Zeit –
da war er schon Vergangenheit.

Ein Redner hat das Pult besetzt
und sehr intelligent geschwätzt.
Den Hörern ist oft anzukreiden,
daß sie zu wenig unterscheiden.
Sie gehen blind ins Wortenetz
und zappeln glücklich – bei Geschwätz.

Du liest etwas und schimpfst herum,
der Autor sei entsetzlich dumm.
Es könnte dir zutiefst behagen,
ihm deine Meinung hart zu sagen.
Die Mühe würde sich nicht lohnen –
du solltest deine Kräfte schonen,
denn er kehrt nur den Spieß gleich um
und hält verächtlich dich für dumm.
Deswegen brauchst du nicht zu leiden
und kannst dich mit dem Trost bescheiden:
Die Dummheit ja bestätigt sich
in seinem Urteil über dich!

Fast jeder Mensch fühlt, das beeindruckt mich,
sich für die große Welt verantwortlich,
als Ausgleich sozusagen, wie ich meine,
bedeutend weniger für seine kleine.
Da ist Verantwortung auch unbequem
und daher lästig und nicht angenehm.
So bleibt wohl nur, die Hoffnung abzubuchen,
sie könnten es mal umgekehrt versuchen...

Wenn eines Tages unsre schöne Welt
durch Bomben krachend in zwei Teile fällt,
dann ruft der Optimist gleich: Gott sei Dank –
nun täglich zweimal Sonnenuntergang!

Wenn Menschen die Atomraketen
mit Inbrunst ungestüm zertreten,
dann werden sie sich töricht scheuen,
sich auch nur kurze Zeit zu freuen,
und streiten lieber gleich empört
darüber, wem der Schrott gehört.

Verspotten ist ja gar nicht schwer.
Verstehen – das erfordert mehr.
Doch wenn man's täglich so vergleicht:
Wie viele machen es sich leicht!

Wie's dem Naturgesetz entspreche,
hat jede Stärke eine Schwäche
und jede Schwäche eine Stärke,
weshalb ich mir den Vorsatz merke:
Die Schwächen treffend einzuschätzen,
um sie als Stärken einzusetzen.
Entwaffnend ist's, sie zuzugeben –
mitunter geht das zwar daneben . . .

Was ich nicht weiß,
macht mich nicht heiß –
doch würde ich nun noch so alt:
Es läßt mich aber auch nicht kalt!

Das lehrt uns schon beim Wurf der Stein:
Nach unten zieht es von allein.
Auch positiv und negativ,
das eine hoch, das andre tief,
sind, wenn man es verdutzt vergleicht,
das eine schwer – das andre leicht...

Ein Mensch – nicht einer von den meisten –
will gerne etwas Großes leisten
und muß zu einem sich bequemen:
Sich selber ernst und wichtig nehmen.
Das wieder kostet den Humor,
und staunend steht der Mensch davor:
Humor ist zum Vergnügen bloß,
denn mit Humor wird er nicht groß,
ja, mehr, der hindert nachgerade!
So sieht die Welt auch aus – wie schade...

Die Schwierigkeiten überwinden
sei erst der Vollgenuß des Lebens.
Nun kann ich's auch gemütlich finden,
seh' ich, die Mühe wird vergebens,
daß ich mir sag': Bescheiden bleiben,
und den Genuß nicht übertreiben!

Wenn er nicht alles haben kann,
dann fängt der Mensch zu meckern an
und sucht die Schuld gleich schön bequem
stets am nicht richtigen System.

Fürs Leben bleibt, erscheint's dir richtig,
im Grunde zweierlei nur wichtig:
Zum einen ständig daran feilen,
um Zeit und Kraft gut einzuteilen,
und sich sodann in allen Fällen
auf das, was ist, klug einzustellen.
Doch viele mögen's anders mehr
und machen es sich lieber schwer.

Der Mensch versteht aus gutem Grund
am besten sich mit seinem Hund,
vor allem seiner Meinung wegen:
Der Hund sagt nämlich nichts dagegen.

Ereignisse gewöhnlich pflegen
zu Auslegungen anzuregen,
und jedesmal stellt sich heraus:
Es legt sie jeder anders aus.
Es kommt, schließt folgerichtig man,
auf das Ereignis gar nicht an.
So lernt der Mensch, der Einsicht sich zu beugen,
im Grunde niemanden zu überzeugen,
und kann gleich, ohne Stimmung sich zu trüben,
im kleinen resigniert den Frieden üben.

Mir war einmal etwas gelungen,
ich freute mich in vielen Zungen
und von der Sohle bis zum Scheitel –
da nannten mich die Leute eitel.

Wenn du von jemand denkst, daß er nicht will,
dann fängst du dich zu ärgern an.
Doch bleibst du leicht verständnisvoll und still,
wenn du dir sagst, daß er nicht kann.

Die Vögel andrer meistens pflegen
uns recht gehörig aufzuregen.
Doch denk' gelegentlich daran:
Sie gehn dich eigentlich nichts an –
und oft genug geht's schon daneben,
nur mit dem eigenen zu leben!

Wenn dich ein Mitmensch heftig stört,
du findest schlicht ihn unerhört:
Such' seine guten Seiten raus,
dann kommst du mit den schlechten aus!

Ein jeder hat, so hört man sagen,
im Leben seine Last zu tragen.
Dagegen ist nichts einzuwenden:
Der eine trägt sie in den Händen.
Der andre – über plattem Schopf –,
der balanciert sie auf dem Kopf.
Der dritte mit gebeugtem Rücken
läßt sich von ihr zu Boden drücken.
Wo man sich müht, ist unerheblich,
denn keine Mühe ist vergeblich.
Entscheidend ist nicht, was man trägt,
nur wie man sich damit bewegt.

Der Mensch ist wohlweislich vergänglich
und auch gehörig unzulänglich.
Er könnte bei den meisten Sachen
sie hinterher noch besser machen
und sollte tapfer es mal wagen,
sich das schon vorher selbst zu sagen.
Die Auffassung, obzwar nicht gängig,
macht ihn erst lächelnd unabhängig...

Die Menschen sind oft unzufrieden
und hätten das doch gern vermieden.
Es gibt nur ein Rezept dagegen:
Erwartungslatte niedrig legen!
Dann ist sie auch bei heiklen Dingen
noch elegant zu überspringen,
wogegen viele sie zu hoch ansetzen
und ihre Sprungkraft ständig überschätzen.

Komisch wirkt es bald,
wie Menschen sich gebärden:
Alle wollen alt –
und keiner älter werden.

Bei Hebeln fällt den Menschen ein,
doch gern am längeren zu sein.
Nur sind ja leider allemal
die kürzern in der Überzahl.
So sollte es uns nicht betrüben,
mehr diese Rolle einzuüben.

Und kommt dir einer hochgestochen,
dann bleibe ruhig, ungebrochen:
Du könntest auch bei vielen Schwächen
in manchen Punkten höher stechen.
Jedoch – warum denn übertreiben?
Viel schwerer ist doch: einfach bleiben.
Nur der Verstand will sich gern zieren:
Er möchte lieber komplizieren
und wehrt sich angestrengt dagegen,
die Kompliziertheit abzulegen,
weil ihn am Einfachsein so stört,
daß dazu noch mehr Geist gehört.
Der Hochgestochne tut mir leid:
Er fürchtet sich vor Einfachheit
und hat deshalb mit Haut und Knochen
vor Angst auch den Humor erstochen!

Die Menschen handeln häufig dumm,
statt grade denken sie oft krumm
und sagen unbekümmert froh:
Das machen aber alle so.
Kaum einem fällt es zweifelnd ein:
Das muß deshalb nicht richtig sein!

Der Mensch muß etwas mißverstehen.
Er kümmert sich ja vorzugsweise
um Dinge, die ihn nichts angehen,
jedoch in seinem engen Kreise
mit weit geringerem Gelüste
um das, was ihn so angeh'n müßte.
Was schief läuft, liegt nach meiner Kenntnis
auch viel an diesem Mißverständnis.

Was mancher sprachlich gern vergißt:
Daß einfach stets am schwersten ist.
Denn wer's nicht einfach sagen kann,
sieht das nicht etwa schmerzlich an.
Er sucht den Mangel zu verdecken
und hinter Hochmut zu verstecken.
So läßt sich's unbekümmert wagen,
mit vielen Worten nichts zu sagen,
und huldvoll läßt er es geschehen,
daß andere ihn nicht verstehen.

Verdrießlich werden viele Mienen,
wenn andre Menschen gut verdienen.
Du neidest ihnen den Gewinn?
Verdreh' dir doch nicht deinen Sinn
und mach' dir lieber mal bewußt:
Wie stören Leute mit Verlust!

Der Mensch, mitunter notgedrungen,
zielt dauernd auf Veränderungen,
meist ungeduldig-aufgeregt,
was der Verstand nur schlecht verträgt.
Wer ändern will, muß sich gelassen
zunächst betont in Ruhe fassen,
sonst wird's bloß anders, doch nicht besser –
wie Suppelöffeln mit dem Messer.

Wenn über mich ein andrer lacht,
dann denke ich behutsam-sacht:
Er tut mir leid – ich fürchte glatt,
daß er sonst nichts zu lachen hat.

Einen Satz trag' in den Ohren:
Wer sich aufregt, hat verloren.

Der eine sieht das Glas halb voll,
der andre sagt, es ist halb leer.
Wer darüber entscheiden soll,
schwankt überfordert hin und her.
Natürlich haben beide recht.
Doch wie Erfahrungen ergaben,
vertragen Menschen das nur schlecht,
denn jeder will's alleine haben.
Zwei Meinungen bestehen lassen?
Da sucht der Mensch schon lieber Streit –
es ist im Grunde nicht zu fassen!
Na ja, mir tut er auch nicht leid.

Ein Mensch war weidlich unzufrieden.
Doch klugerweise fiel ihm ein,
und dafür hat er sich entschieden:
Das hindert nicht, vergnügt zu sein!

Worüber ich mitunter grübel'
und denk' betretenen Gesichts:
Hast du Erfolg, nimmt man's dir übel,
und hast du keinen, zählst du nichts.
Das finde ich nicht mehr zum Lachen –
wie sollen wir's denn richtig machen?

Der Sonne ist es selbstverständlich,
genau nach Plan nur aufzugehen,
bloß Menschen stört es oft unendlich,
zur gleichen Zeit stets aufzustehen.
Ja, Mensch, du magst die Ordnung hassen,
doch sieh es ein, die brauchen wir –
und sie gelegentlich verlassen,
das ist das Menschliche an ihr!

Belächelst du – aus schwacher Kenntnis –
vergangne Zeiten überheblich?
Bemüh dich lieber um Verständnis –
die Mühe war noch nie vergeblich!

Du brauchst nicht alles gutzuheißen
und sollst auch Schwarz nicht etwa weißen,
nur könntest du doch darauf sehen,
bevor du urteilst – zu verstehen.

Wir hören oft, ob arm, ob reich,
es seien alle Menschen gleich.
Doch wird, ist mal ein Bau vollendet,
dem Architekten Lob gespendet
– meist stundenlang ununterbrochen –,
vom Maurer aber nicht gesprochen.
Ist das nicht sozial ungerecht
und menschlich ausgesprochen schlecht?
Denn auch der Architekt kann mauern,
und seine Steine können dauern,
und auch der Maurer umgekehrt –
doch halt, ist das nicht schon verkehrt?
Denn ohne Absicht, zu verletzen –
kann er den Architekt ersetzen?
Wie – sollten also denn die beiden
am Ende doch sich unterscheiden
und auch die Armen und die Reichen
sich nicht so vorbehaltlos gleichen?

Der Mensch wird stets für manche Sachen
gescheiter einen Umweg machen
und hat oft hinterher entdeckt:
Das war viel kürzer als direkt!

Wenn ich befürchte zu erschlaffen
und meine Arbeit nicht zu schaffen,
stell' ich mir vor, recht wenig nett,
ich läge krank in meinem Bett.
Sobald ich das mir standhaft predige,
erscheint mir viel, was ich erledige!

Die Zeit heilt sicher alle Wunden.
Doch habe ich herausgefunden:
Der Mensch muß ihr Vertrauen zollen
und sich auch heilen lassen wollen.

Ob arm, ob reich, im Himmel gleich –
der Satz bringt mich zum Sieden!
Vor Erdenrichtern sind wir gleich,
vor Gott sind wir verschieden.

Es ist für mich kein kluges Zeichen,
als Mensch dem Glauben auszuweichen.
Der menschliche Verstand an sich
ist mir dafür zu kümmerlich,
ins Leben und vor allen Dingen
ins Schicksal einen Sinn zu bringen.
Zufrieden sein – wer hat die Kraft,
daß er es ohne Glauben schafft?

Das möchte ich noch mehr verstehen,
den Teufel mit Humor zu sehen.
Er hat ja keinen, und deswegen
bin ich ihm damit überlegen –
und wenn ich ihn doch mal verlier'?
Dann komm' ich, lieber Gott, zu dir!

Es sei doch alles schon einmal gesagt,
hat kürzlich resigniert ein Freund beklagt.
Da hab' ich mir die Frage nicht verkniffen:
Warum hast du denn dann nicht mehr begriffen?

Was manche reden, läuft im Nu
auf Weltenuntergänge zu.
Sie fühlen hämisch sich im Recht,
denn alles Menschenwerk sei schlecht,
wobei sie Absicht unterstellen
und daraus kühn ihr Urteil fällen.
Zur Nachsicht sind sie nie bereit
und leugnen Unzulänglichkeit –
statt ihr die Fehler zuzuschreiben
und einzusehen: Die muß bleiben!
Nur sie verursacht unser Streben,
erstarrte sonst doch jedes Leben.
Merkt nicht, wem diese Einsicht fehlt,
wie unzulänglich er sich quält?

Die Zeit hat sich dir anzupassen?
Das mußt du möglichst früh erfassen:
Nicht sie sich dir –
nein, du dich ihr!

Wenn wir nur leichter darauf kämen
und schärften es uns besser ein:
Sich selbst nicht wichtig nehmen,
doch andern wichtig sein!
Denn wie die Wirklichkeit dann lehrt –
wir machen's meistens umgekehrt ...

Der Mensch muß sicher häufig leiden,
doch sollte er auch unterscheiden,
denn vieles, merkt er mit der Zeit,
ist dabei selbstgemachtes Leid.

Die Rede machte, viel zu lang,
vor Langeweile schon fast krank.
Die Hörer drohten einzunicken
und viele Köpfe abzuknicken.
Der Beifall quoll dann wunderbar,
erleichtert, weil's zu Ende war.
Der Redner legte den Applaus
geschmeichelt sich ganz anders aus.

Der Mensch soll, will er etwas schreiben,
doch bei der Alltagssprache bleiben.
Hat er tatsächlich was zu sagen,
kann er sie nämlich ruhig wagen.
Die Sucht, es anders auszudrücken,
läßt viele Wendungen mißglücken,
denn bei Beleuchtung rechten Lichts
sind sie dann allermeistens – nichts.
Es sei, der Mensch ist ein Genie,
das weiß man aber vorher nie –
und es gibt ja genug Gestalten,
die selber nur sich dafür halten!

Ein Mensch, als Pinsel oft bezeichnet,
fand sich als solcher auch geeignet
und sagte sich, es muß im Leben,
so ist das eben, Pinsel geben,
wobei Genugtuung ihm schien:
Was wär' der Maler ohne ihn,
wie sollte er die Farbe streichen?
Die Rollen können sich nicht gleichen,
und ob du deine noch genießt,
hängt davon ab, wie du sie siehst.

Der Wetterdienst hat, was dir nicht behagt,
abscheulich schlechtes Wetter angesagt.
Glaubst du empört, es komme schon kein Tief,
bist du nicht optimistisch – bloß naiv.
Erst wer vergnügt im Regen nicht vergißt,
daß er nur naß wird – der ist Optimist.
Und sagst du noch, das kitzelt schön im Ohr –
ja, siehst du, dann hast du sogar Humor!

Seufzend hört man oft die Klage:
Das ist eine schwere Frage.
Nur war, das merkt man hinterher,
die Frage leicht – die Antwort schwer!

Ein Mensch gefällt dir, und du wägst,
ob du ihn auch als Freund verträgst.
Wärst du, in allen Schicksalsgängen,
bereit, ganz von ihm abzuhängen?
Wenn ja, laß eine Freundschaft gelten –
doch du wirst seh'n, der Fall ist selten.

Tritt dir jemand auf den Fuß,
tritt nicht gleich im Zorn zurück.
Sag' ihm lieber: Gott zum Gruß!
Damit hast du öfter Glück.

Was ich fast jedesmal vermisse:
Ein Fehler ist kein Grund zum Lachen.
Denn mach ich etwas falsch – so wisse:
Ich wollte es ja richtig machen!

Ein Mensch ließ von der Sonne sich verdrießen
und schämte sich sozial, sie zu genießen.
Er dachte an die anderen im Regen
und litt des ungerechten Vorteils wegen,
bis er sich sagte, daß es gar nichts nützte,
wenn er sie stumm im Schatten unterstützte.
Er wagte sich hinaus und fand sich keck –
da war die Sonne aber wieder weg.

Du bist so unberechenbar,
daß ich verzweifelt hilflos bliebe,
wärst du dabei nicht wunderbar
berechenbar in deiner Liebe.

Ein Mensch, von Skrupeln glatt befreit,
verachtet jede Pünktlichkeit
und hält robust sich allemal
für künstlerisch und genial.
Als Ausgleich macht es ihm Verdruß,
wenn er auf andre warten muß.

Wir hören viele Menschen sagen,
sie könnten Wahrheit stets vertragen –
worunter sie dann nur verstehen,
sofort dagegen anzugehen.

Der Mensch will seinem Wert auf Erden
entsprechend ernst genommen werden,
was nur gelegentlich verdrießlich wird,
wenn sich herausstellt, er hat sich geirrt –
dann hat er es beleidigt satt,
daß man ihn ernst genommen hat!

Beliebt ist es, zu protestieren.
Da kann man sattsam Zeit verlieren
und die Proteste unterstützen,
weil sie am Ende doch nichts nützen.
Man mischt sich trottend in die Mengen
und braucht den Kopf nicht anzustrengen.
So kann ich Leute gut verstehen,
die finster zu Protesten gehen.

Mit Fleiß übt jede Opposition
genüßlich sich in vorwurfsvollem Ton
und glaubt, sie müsse sich mit Tadeln zieren,
um der Regierung dreist zu opponieren.
Sie wird es boshaft und brillant verstehen,
das Gute in nur Schlechtes zu verdrehen,
weil, wie sie töricht-machtversessen meint,
just so ihr Bild als vorteilhaft erscheint –
um flott nach einem Sieg darauf zu pochen,
daß sie am liebsten auch mit Wasser kochen!
Wenn bloß die Wähler mehr Verstand aufbrächten
und mal vor jeder neuen Wahl dran dächten...

Als Inbegriff der Menschensüchte
empfindet mancher die Gerüchte.
Sie stimmen nicht und schaden oft,
vergnügen aber unverhofft,
und schon der menschliche Genuß
beweist, daß es sie geben muß.

So viel, daß es kein Wähler schätzt,
wird von Politikern geschwätzt.
Doch frag', statt dich nur aufzuregen,
dich selbst: Was tust denn du dagegen?
Nichts – als von Zeit zu Zeit zu wählen?
Dann darf dich auch kein Ärger quälen,
und Schimpfen wäre ohne Sinn.
Nimm das Geschwätz ergeben hin,
du solltest bei der Einsicht enden,
die Stunden besser zu verwenden.
Wenn Politik die Stimmung schwächt,
hast du zur Aufregung kein Recht –
denn selber bist du ja gerade
dir als Politiker zu schade!

Der Faule wird, will er sich recken,
nicht alle viere von sich strecken.
Er legt die Hände auf den Bauch –
die Beine tun's ja schließlich auch.

Der Mensch, wenn er das Weltall mißt,
sieht ein, wie unwichtig er ist.
Die Einsicht drückt ihn, und deswegen
wehrt er sich jeden Tag dagegen.
Sein Leben ist, auch höchsten Falles,
ein Aufbegehren – das ist alles.
So ist es im Verhältnis nichtig,
was er erreicht. Nur nimmt er's wichtig,
als scheine er das nicht zu wissen –
sonst lebte er nicht so verbissen!

Die Zeit walzt langsam – und walzt schnell.
In Freude kann es leicht geschehen,
daß ich mich ihr entgegenstell' –
das Biest bleibt aber niemals stehen!

Was Menschen, wenn sie diskutieren,
aus ihren Augen prompt verlieren,
– und das gilt eigentlich für jeden –,
daß sie im Grunde nur zerreden.
Denn ihre Meinung hatten schon
ja alle vor der Diskussion –
doch freudig-diskussionsbereit
verplempern gern sie ihre Zeit!

Es liegt ja nicht an den Problemen,
daß Menschen sie so wichtig nehmen.
Der Glaube, sich damit zu zieren,
macht Lust, sie noch zu komplizieren.
Sie sehen jeden voller Grimm,
der sagt, das ist doch halb so schlimm –
und brauchten sich nicht aufzuregen
und keine Eifersucht zu hegen:
Humor und auch Gelassenheit
verderben zwar die Wichtigkeit,
nur sind zum Trost sie allemal
verschwindend in der Minderzahl.

Ein Mensch besann sich zu bedenken:
Was sollte er demnächst nur schenken?
Ihm fiel auf Krampf nichts Rechtes ein.
Er hatte Mut – er ließ es sein.

So mit den Jahren immer netter
wird mein Verhältnis zu dem Wetter.
Es weiß, daß wir kein andres haben,
kann dreist an seiner Macht sich laben
und zeigt, was jeden Unmut schürt,
gar von Kritik sich ungerührt.
Mir bleibt nur hilflos Ärger grade –
und dazu bin ich mir zu schade!

Schwierig ist es meist beim Schenken,
vorher richtig nachzudenken
und auch die Einsicht nicht zu scheuen:
Nicht du – der andre soll sich freuen!
Denn die Geschmäcker sind verschieden,
wenn nicht – sei um so mehr zufrieden.

Ist dir ein Mißgeschick passiert,
und du siehst dich zutiefst blamiert,
dann fühl dich nicht gleich null und nichtig –
den andern bist du halb so wichtig!

Ein Faultier gähnte zur Gazelle,
du ahnst nicht, daß ich mich verstelle,
ich könnte dich im Laufen kriegen
und höher als die Möwe fliegen,
und nickt mit schläfrigem Gesicht,
ich könnte schon – ich will es nicht.
Wie tat das der Gazelle leid –
sie flehte, werde doch gescheit,
denn alles, was du so erreichst,
ist, daß du vielen Menschen gleichst!

Wenn du zu deinen Schwächen stehst
und keinen falschen Eindruck säst,
gibst du dir damit keine Blöße,
im Gegenteil – gewinnst du Größe.

Der Mensch sieht meistens, wie man spricht,
im Auge seinen Balken nicht
und hält ihn auch noch – das ist bitter –
im Spiegel nur für einen Splitter.

Wenn eine Herde vehement
in eine falsche Richtung rennt,
nützt es doch nichts, die Faust zu knüllen
und wild die Schafe anzubrüllen.
Kriegst du den Schäfer nicht zu fassen,
mußt du die Herde laufen lassen –
und Menschenschafen liegt's vor allen,
auf falsche Schäfer reinzufallen.

Der Mensch verabscheut es zu warten –
doch wenn, dann bleiben nur zwei Arten:
Geduldig oder aufgeregt,
wobei er klüger überlegt:
Geduldig läßt sich mehr erreichen –
denn die Minuten sind die gleichen . . .

Sag' einem Klugen einen Fehler,
er wird erfreut und dankbar sein.
Ein Dummer sieht dich nur als Quäler
und schnappt sofort beleidigt ein.

Ein Mensch, gereizt, unausgeschlafen,
und eine kecke Fliege trafen
im Bad zur Aufstehzeit zusammen.
Er fühlte seine Muskeln strammen,
weil sie es gar nicht respektierte,
daß er sich mißgelaunt rasierte.
Sie ärgerte ihn unverhohlen
mit ihren dreisten Kapriolen.
Er wollte wütend nach ihr schlagen,
besann sich aber, stumm zu fragen:
Was kann die Fliege denn dafür?
Sie absolviert nur ihre Kür.
Der Ärger ist ganz meine Schuld
und liegt an mangelnder Geduld.
Da suchte er verkrampft zu lächeln.
Er dachte einen Gruß zu fächeln,
begann, das Handtuch kurz zu reffen –
und hoffte insgeheim zu treffen.

Will mich die Arbeit unterkriegen,
bin ich beleidigt, lass' sie liegen –
und freu' mich über meinen Mut:
Denn manchmal liegt sie da auch gut!

Man sagt, man werde alles tun –
da läßt der Zweifel mich nicht ruh'n.
Zurück, im Falle eines Falles,
bleibt mir die Frage: Was ist alles?
Denn später wird oft leider klar,
daß alles nur sehr wenig war.

Aus Sparsamkeit bin ich dagegen,
mich über andre aufzuregen,
und suche es mir einzuschärfen:
Das kostet schließlich *meine* Nerven.

Die Zeit, ob sie nun eilt oder weilt,
erscheint den Menschen ungerecht verteilt.
Die einen haben wenig, andre viel –
sie treibt schon ein gedankenloses Spiel.
Doch bleibt die Zeit ja gleich – das ist gediegen!
An ihr kann's also eigentlich nicht liegen...

Das lernt der Mensch am Telefon
bei seinem ersten Anruf schon:
Wer anruft, ist da überlegen –
er weiß, bei wem, und weiß, weswegen.
Der Angerufene dagegen
hat manchmal Grund, sich aufzuregen,
und wird noch obendrein von allen
ja sozusagen überfallen.
Drum, rufst du an, sei fair bereit –
laß ihm ein paar Sekunden Zeit!

Wie doch der Welt in hohen Graden
die Ewig-Gestrigen stets schaden –
nur brumme ich oft vor mich her:
Die Ewig-Meckrigen noch mehr...

Ein Spruch belächelte sein Los:
Wie komisch sind die Menschen bloß!
Denn alle, die mich erst verlachten,
statt mich beizeiten zu beachten,
sind auf mich wütend hinterher,
weil – ja, dann nütze ich nichts mehr!
So war das schon zu jeder Zeit –
mir tun die Menschen langsam leid.

Gewonnen ist ein Ziel, du weißt,
erst wenn das Zielband auch zerreißt.
Woraus du klugerweise schließt:
Hör' nicht schon auf, wenn du es siehst!
So geht es nämlich leider vielen –
vor allem bei den eignen Zielen...

Extreme kann der Mensch nicht leiden
und sucht sie tunlichst zu vermeiden.
Was bringt ihm eigentlich nun Spaß?
Er haßt doch auch das Mittelmaß...

Mit etwas nachdenklichem Schwung
bin ich für Gleichberechtigung.
Warum, läßt mich der Zweifel fragen,
dann Frauen keine Bärte tragen?
Auch scheint ihnen daran zu liegen,
daß Männer keine Kinder kriegen.
Solange wir uns da nicht gleichen,
seh' ich noch Gründe abzuweichen!

Schon mancher ist darangegangen,
ein neues Leben anzufangen –
um es nach kurzem hoch zu schätzen,
sein altes wieder fortzusetzen.

Ein Drachen tummelt sich verwegen
in Lüften, die sich stürmisch regen.
Er fühlt so frei sich auf der Welt,
weil einer ihn am Bande hält.
Denn ohne Bindung würd' der Drachen
nur jämmerlich zu Boden krachen!

Der Herbst erweist als Jahreszeit
den Menschen gern Gelegenheit,
sich selber stutzend zu erkennen
und Charaktere leicht zu trennen.
Der eine zehrt unüberwunden
von den paar schönen Sommerstunden.
Der andre sieht entsetzt dahinter
sich heftig zitternd schon im Winter.
Der dritte nennt sich Realist
und nimmt den Herbst, so wie er ist.
Die Jahreszeiten sind es nicht.
Was bleibt, ist nur – die eigne Sicht.

Das Alter ist ein weiser Ort.
Der Mensch darf sich nur nicht erfrechen
zu Zielen wie: den Weltrekord
im Hundertmeterlauf zu brechen.

Mir wird in unserem Jahrhundert
die Technik viel zuviel bewundert,
ja, mancher betet sie gar an,
ergriffen, was sie alles kann.
Mich hält es mehr im Gleichgewicht,
frag' ich, was kann sie alles *nicht*?
Denn zur Toilette, Sie verstehen,
muß ich noch immer selber gehen.

Ein Mensch hat, stets mit ernstem Wesen,
in seinem Leben viel gelesen
und wurde sich am Ende schlüssig –
das meiste war doch überflüssig.
So werd' ich, dachte er versöhnlich heiter,
im nächsten Leben hoffentlich gescheiter.

Der Mensch beargwöhnt sein Geschick:
Vom hohen Roß trübt sich der Blick,
doch einen klareren verspricht
auch keine tiefe Dackelsicht.
Gescheiter ist, nicht zu vergessen,
ihn eigner Größe anzumessen.
Als Maß kann dann der Spiegel walten,
den andre ihm entgegenhalten –
nur guckt er da nicht gern hinein,
das Bild scheint ihm verzerrt zu sein.

Du siehst dein Leben und denkst queng'lig:
Wie ist doch alles so vergänglich!
Als Trost erscheint mir dann erheblich:
Es ist auch wieder nichts vergeblich.
Doch geb' ich zu, an manchen Tagen,
da fällt es schwer, sich das zu sagen...

Die Kunst liegt darin – wegzulassen.
Ist Lebenskunst so aufzufassen?
Nur werden wir uns da nicht schlüssig:
Was ist tatsächlich überflüssig?

Dem Menschen liegt es bei Problemen,
sie kompliziert und ernst zu nehmen.
Auf schlichtem Nenner, mit Humor,
komm'n sie ihm gleich verniedlicht vor,
und, wie er meint, zu seinem Glück
schreckt er entsetzt davor zurück.
Vereinfachung ist nie gescheit,
da schwindet seine Wichtigkeit.
So läßt die Einfachheit ihn kühl –
das braucht er für sein Selbstgefühl.

Es ist ein kluger Trick,
auf den die Weisen schwören,
im rechten Augenblick
zerstreut nicht zuzuhören.

Du möchtest manches ungeschehen machen?
Versuche mehr zu lernen – und zu lachen
und wünsche nie, die Uhr zurückzudrehen:
Die Zeit bleibt deshalb nämlich doch nicht stehen.

Die Frage nach dem Sinn des Lebens
stellst du dir mutlos oft vergebens?
Die Antwort, und das ist es eben,
kannst du dir leider selbst nur geben
und mußt, das darf kein Zweifel rauben,
auch unverrückbar daran glauben.
Wovon du überzeugt bist, tu' –
dann nickt auch Gott dir zwinkernd zu.

Macht das Bewußtsein dich verletzbar,
du bist wie jeder Mensch ersetzbar –
daß der Gedanke dich nicht drücke:
Du hinterläßt auch eine Lücke.

Was man zu wenig oft bedenkt:
Das Leben ist uns nicht geschenkt,
gehört uns nicht, ist nur geliehen,
und ob es gut, ob schlecht gediehen –
am Ende steht der Zwangsfall eben,
es wie benutzt zurückzugeben.
So sollten wir behutsam sehen,
nicht töricht damit umzugehen.

Der Mensch hat Angst vor seinem Alter.
In dumpfer Auflehnung meist krallt er,
statt sich dem Schicksal zu verbinden,
sich an die Kräfte, die ihm schwinden,
und starrt bloß, das ist nicht zu fassen,
auf das, was anfängt nachzulassen.
Er sollte diese Furcht verweigern
und sehen nur, was läßt sich steigern,
und statt sich jammernd zu beschweren,
daß keine Kräfte wiederkehren,
so die Bemühungen verdichten,
mit dem, was bleibt, sich einzurichten,
und sich nie von dem Ziel entfernen –
noch jeden Tag dazuzulernen.

Der Mensch nennt sich gern tolerant,
doch wird sein Denken dabei trüber,
denn meistens ist er, wie bekannt,
es mehr sich selber gegenüber.

Ein guter Kompromiß hat's schwer.
Zwar nützt er überwiegend mehr,
ist überlegen, klug und weise,
doch wirkt er sanft, verborgen, leise.
Den Sieg umgibt geräuschvoll Glanz.
Wer das bedenkt, versteht es ganz,
warum die Menschen sich bekriegen
und dummerhaftig lieber siegen.

Wer schreibt, darf sich getrost erfrechen,
es kann ihm niemand widersprechen.
Den Vorzug muß, wer liest, entbehren:
Er kann beim Lesen sich nicht wehren –
und Leser haben oft zu leiden,
daß sich die Rollen unterscheiden!

Seit offenbar Urzeiten schon
hält jede neue Generation
sich für der Weisheit letzten Schluß –
was einige verdrießen muß,
wenn ihnen leise Zweifel kommen:
Sind, fragen sie sich doch beklommen,
vor uns Milliarden Menschenwesen
denn alle dämlich nur gewesen?

Und schon seit Ewigkeiten
der Weise spricht:
Es ändern sich die Zeiten,
die Menschen nicht.
Und immer wehren sich verbissen
die meisten stumpf, das einzusehen,
und haben ihre Kraft verschlissen –
vergeblich, das ist zu verstehen.

Mißrät dir voll dein Tagesplan,
sei abends dir als Trost bekräftigt:
Du hast zwar heute nichts getan,
doch warst den ganzen Tag beschäftigt.

Siehst du die Strecke deines Lebens
so im Vergleich zu Jahrmillionen,
erscheint doch alles Tun vergebens –
wofür soll sich Bemühung lohnen?
Wenn du, das wissend, nicht verzagst,
wirst auch nicht wehleidig mit dir,
und täglich dieses Leben wagst –
ja dann, Mensch, imponierst du mir!

Warum ich nicht dagegen boxe,
wenn jemand sagt, ich sei ein Ochse?
Mich zu verteidigen wär' schlecht:
Nach seiner Meinung – hat er recht.

Ein Elefant traf eine Maus:
»Macht meine Größe dir nichts aus?«
»Wieso – du kannst, ob groß, ob klein,
doch nie mehr als zufrieden sein.
Wir sind ja von Geburt verschieden.
Warum soll ich da Mißgunst schmieden?«
»Du gönnst mir, wie ich stutzig merke,
nicht nur die Macht und meine Stärke,
auch meinen Stoßzahn, meinen Rüssel?«
»Neid war noch nie ein Weisheitsschlüssel.
Du kannst, soll dich mal niemand finden,
in keinem Mauseloch verschwinden –
ich sehe, weil es mich befreit,
viel lieber die Gemeinsamkeit:
Wir müssen essen, schlafen, lieben,
und davon werden wir getrieben.«
»Es reizt dich nicht, dich aufzubäumen
und von der Größe mal zu träumen?«
»Um dann, da kann ich doch nur lachen,
enttäuscht-ernüchtert aufzuwachen?
Was soll ich mich in Träume heben?
Mit meinem Alltag muß ich leben.«
Der Elefant zog sichtlich heiter,
vergnügt den Rüssel schwingend, weiter.
Die Maus fühlt sich auf einmal schwer,
und traurig ruft sie hinterher:
»Werd deines Lebens nicht zu froh –
nur wenig Mäuse denken so.«

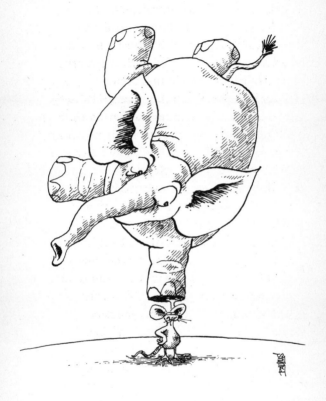

Ins Gästebuch sich geistreich einzutragen
ist grad, als müßt' man sich im Örtchen plagen:
Man sitzt gebückt und drückt und strengt sich an.
Es quält, weil man gern will und nicht gleich kann.
Man läßt die Luft durch beide Backen pfeifen –
und plötzlich spürt man's drängen, fühlt man's reifen!
Hat das Produkt sich dann herausgewunden,
wird's als erlösend dankbar tief empfunden,
und man beschaut sein Werkchen mit Plaisir,
löscht noch die feuchten Stellen mit Papier,
zum Schluß – das muß man schicklich selber fühlen:
ob's nötig, etwas hinterherzuspülen.
Man sieht, welch Lob, wenn jemand sagt beflissen:
Wer hat denn hier so wunderschön ... Sie wissen!

Denn hast du was, dann bist du was –
wie hinterlistig find' ich das!
Daß zwischen Haben und dem Sein
ein großer Unterschied noch ist,
lehrt uns am besten doch das Schwein:
Ob du es hast, ob du es bist ...

Du möchtest wissen, ungeschminkt,
was dir das neue Jahr nun bringt?
Die Antwort solltest du gern missen:
Der Reiz ist doch – es nicht zu wissen.

Am Anfang steh'n wir vor Kalendern
und wollen bessern, steigern, ändern.
Am Ende ist's oft wunderbar,
wenn wenigstens nichts schlechter war.

Wenn's alte Jahr
erfolgreich war,
Mensch, dann freue
dich aufs neue,
und war es schlecht –
ja, dann erst recht!

Fröhliche Geschichten über das Lieblingstier der Deutschen

nymphenburger

Eine Katze will nicht von jedem geliebt werden, sondern nur von dem, den sie sich ausgesucht hat. Dieses Buch ist eine Fundgrube für alle Katzenfreunde, neues Lesevergnügen und originelles Geschenk mit seinen humorvollen, kenntnisreichen und liebevollen Geschichten von Ephraim Kishon, Elke Heidenreich, Herbert Rosendorfer, Barbara Rütting, Wolfram Siebeck, Elfriede Hammerl und vielen anderen.